2024

제1회 림 문학상 수상작품집

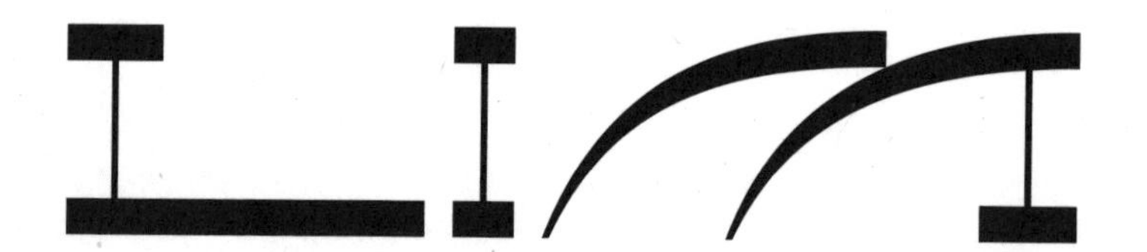

차례

대상

성수진

눈사람들,
눈사람들

수현과 연지가 함께 밤 산책을 시작한 건 지난해 11월이었다. 먼저 퇴근한 수현이 지하상가 분수대 벤치에 앉아 기다리면 오래 지나지 않아 연지가 좁은 토스트점의 나무 바를 열고 나왔다. 두 사람은 눈을 맞추며 웃어 보이는 것으로 인사를 대신한 다음 지하도 출구를 향해 걸었다.

수현이 일하는 안과에서 집까지 가는 길에 연지가 일하는 토스트점이 있었지만 두 사람이 밤 시간을 같이 보내는 건 일주일에 한두 번뿐이었다. 날마다 연락하지도 않았다. 그것 또한 둘 사이의 질서였고 수현은 연지와 느슨한 관계로 지내는 것이 마음에 들었다. 그리 멀지 않은 곳에 누군가가 있다는 분명한 실감만으로도 대전에서 사는 일이 괜찮게 느껴졌다.

저녁은 옛 충남도청사 뒷길에서 먹곤 했다. 동죽칼국수 혹은 채소가 아삭아삭 씹히는 탕수육과 짜장면을 주로 먹었고 가끔씩은 튀김덮밥집에 갔다. 저녁을 먹고 나서는 편의점에서 따뜻한 음료를 하나씩 사 들고 요(凹) 자 모양의 옛 도청사를 빙 둘러 걸었다. 아래 획에 해당하는 곳이 포치가 있는 정면, 위쪽의 움푹 파인 곳은 주차장이었다. 두 사람은 옛 도청사 외관을 바라보며 건물이 거쳐 온 100년에 가까운 시간과 오래전 건물이 지어질 당시의 일들을 헤아려 보곤 했다. 언젠가 연지는 건물 외벽의 황토색 타일을 살펴보며 저 스크래치, 사람 손으로 한 거겠죠? 물었고 수현은 글쎄요, 답하면서 타일마다 조금씩 다른 색과 스크래치의 깊이를 유심히 바라보았다.

옛 도청사와 옅은 살구색을 띤 옛 충남경찰청사 사이의 길로 지날 때마다 연지는 옛 경찰청사 화단의 나무를 가리키며 이건 회오리 나무, 이건 딱따구리 나무, 하며 자신이 붙인 이름을 부르곤 했다. 두 사람은 옛 경찰청사의 모퉁이를 돌아 미색 타일로 마감한 대전시민대학 건물 앞까지 걸었다.

수현과 연지의 밤 산책에서 무엇보다 중요한 존재는 백로였다. 지하도에서 빠져나와 옛 도청사에 다다랐을 때, 저녁을 먹으러 뒷길로 향할 때 두 사람은 자주 하늘을 올려다보았다. 따뜻한 캔 음료를 손에 쥔 채 옛 도청사의 둘레를 빙 돌면서, 옛 경찰청사 주차장을 걸으며 고개를 위로 젖히곤 했다. 백로들은 해가 질 무렵 하나둘 돌아왔다. 하늘을 크게 두어 바퀴 맴돌다가 옛 경찰청사 부지 가장자리에 늘어선 히말라야시다로 내려와 앉았다. 날개를 빠르게 푸드덕거리던 백로가 마침내 가지에 사뿐히 앉는 순간을 두 사람은 좋아했다.

해가 바뀐 뒤 수현은 일주일에 한두 번 만난다는 둘 사이의 암묵적 규칙을 깨고 지하상가 분수대 벤치에서 매일 연지를 기다렸다. 옛 경찰청사 철거 공사 때문에 백로들이 떠날까 봐 걱정된다고 말했지만 사실 백로보다는 연지가 염려되었다. 1월 중순을 지나며 연지의 말수는 급격히 줄어들었고 수현에게 먼저 연락하는 일도 드물어졌다. 지난해 2월 처음 대전에 왔을 때 연지는 할머니 지인이 소유한 빌라 원룸을 저렴한 월세로 계약했는데, 건물주가 바뀌고 개축이 계획되면서 방에서 나와야 했다.

"백로들한텐 누가 알려 주죠?"

어느 밤 공사장 펜스 가운데 붙은 안내문을 바라보며 연지가 말했다. 옛 경찰청사 자리에 통합청사 건설이 계획되어 있었다. 옛 도청사와 옛 경찰청사 사이를 백색 펜스가 길게 갈랐고 이미 회오리 나무와 딱따구리 나무는 베어진 뒤였다. 두 사람의 우려와 달리 펜스 너머 오른편으로 히말라야시다 여러 그루가 삐죽삐죽 솟아 있었고 어김없이, 백로들이 자리를 차지했다. 펜스 바로 뒤편의 옛 경찰청사도 아직 제자리를 지키고 서 있었다.

2월의 마지막 날이 되었다. 저녁 7시 10분쯤, 수현과 연지는 지하상가 분수대 앞에서 만나 상행 에스컬레이터가 설치된 옛 도청사 근처의 출구로 향했다.

"처음엔 진짜 눈사람인 줄 알았다니까요."

에스컬레이터에 먼저 오른 연지가 수현을 뒤돌아보며 말했다. 수현은 픽 웃었다. 백로를 보고 눈사람을 연상하는 사람은 이 세상에 연지뿐일 것 같았다. 수현이 웃는 걸 바라보던 연지가 눈썹 앞머리를 올렸다.

"왜 웃어요. 수현 씨는 공룡알 같다고 했으면서."

에스컬레이터에서 내리며 연지는 하늘을 올려다봤고 수현도 연지를 따라 고갤 들었다. 거세고 차가운 바람이 수현의 앞머리를 헝클어뜨렸다. 이미 어둑해진 뒤였는데 하늘을 가르는 새가 한 마리도 보이지 않았다. 두 사람은 옛 도청사의 한쪽 끝에서부터 포치 앞을 지나 펜스 쪽으로 말없이 걸었다. 연지가 앞서갔고 수현은 걸음을 늦추며 하늘을 쳐다봤다.

"미친!"

연지가 외쳤을 때 수현은 고개를 내려 앞을 바라보았다. 연지의 둥근 뒤통수 너머로, 백색 펜스 뒤편으로 이상하고 어색한, 그런 짧은 말들로는 차마 설명하기 어려운 공백이 펼쳐져 있었다. 수현은 연지에게 답하듯 혼잣말했다.

"사라져 버렸어."

지난해 6월, 수현은 살기 위해 대전에 도착했다.

에스컬레이터를 타고 대전역사에서 빠져나오자마자 누군가가 수현에게 팸플릿을 건넸다. 그분께서는 고통의 외침을 외면하지 않으십니다. 손을 내젓고 싶었지만 수현은 안 믿어요, 한마디 하며 지나쳤다. 한 손으론 캐리어를 끄는 중이었고 다른 손으론 끈이 짧은 타포린 백을 들고 있었다. 걸음을 빨리하니 캐리어 바퀴에서 끼익 소리가 났다. 수현은 그것을 어떠한 징조로 여기지 않으려 노력했다. 환한 햇빛이 맞은편 모텔과 보청기 상점에 내리쬐고 있었다.

앞으로 살게 될 대전여중 근처 빌라까진 걸어서 20분 거리였고 날이 좋았으므로 힘들겠지만 좀 걸어 볼까 싶어 횡단보도를 건넜다. 짐작과는 달리 너무 이르게 팔다리가 무거워져 결국 택시를 잡아탔다. 트렁크에 캐리어를 싣고 조수석에 앉아 창밖을 내다봤다. 아무리 짧은 거리라도 뒷자리에 앉으면 멀미가 났다. 구멍 뚫린 슬리퍼처럼 생긴 다리를 지나 중앙로는 일자로 쭉 뻗어 있었다. 멀리, 꼭 일제강점기에 지은 듯한 황토색의 3층 건물이 보였고 수현은 그것에 시선을 고정했다. 저게 뭔가요? 수현이 묻자 기사는 옛날 충남도청 건물이라고 짧게 설명했다.

"공주 갑부 김갑순이라고 아시나 몰라. 공주에서 여기로 도청 옮겨 올 때 그이가 땅을 기부한 거 아뇨. 주변이 자기 땅이니까 노른자위로 만든 거지. 그때나 지금이나 먼저 알고 먼저 갖는 사람이 장땡 아닙니까."

"그러면 지금 도청은……."

"내포신도시로 갔잖아요. 여긴 건물만 남아 있는 거고요. 사무실로도 쓰고, 전시관으로도 쓰고 그래요."

택시가 좌회전을 했고 수현은 오른쪽 차창 너머로 멀어지는 옛 도청사를 바라보았다. 위용 있어 보이는 한편 아늑하게 느껴졌다.

"일하러 오셨나 보네. 여기 젊은 사람들은 서울로 가기 바쁜데."

수현이 서울에서 왔으며 사흘 후부터 대전역 뒤편의 높은 건물 한 곳에서 인턴으로 일한다고 말한 적도 없는데, 기사는 다 알고 있다는 듯 얘기했다. 수현은 대답하지 않았다.

밑창이 고무로 된 단화를 신고 회사까지 걸어서 출근했다. 지하철로는 한 정거장 거리였는데 출근하는 사람들 사이에 섞여 온깃 체취를 맡느니 조금 일찍 나와 천천히 걷는 편이 나았다. 슬리퍼 같은 다리를 여러 번 지나며 목척교라는 이름을 알게 되었다. 그리고 목척교를 건넌 뒤 금은방 근처 지하도 출입구로 들어가는 게 편하다는 걸 깨달았을 즈음 수현은 아침 알람이 울릴 때마다 이대로 영원히 잠들어도 좋겠다고 생각했다. 인턴에게 주어지는 업무란 그리 어렵지 않았고 선배들도, 인턴 동기들도 수현을 호의로 대했다. 그런데 왜? 얼마 지나지 않아 이유 같은 걸 따져 볼 여력조차 사라지고 말았지만 처음에 수현은 종종 스스로에게 질문을 던지곤 했다.

청주에서 온 인턴 동기와 대화하며 수현은 의문의 답을 찾았다. 동기는 수현이 원룸을 1년 계약했다는 걸 알고 놀라워했다. 인턴 과정 이후 보장되는 건 공채 가산점뿐이어서 다른 지역에서 온 동기들은 3개월 동안만 묵을 집을 간신히 구하거나 고시원에서 지냈기 때문이었다. 동기들이 혹시라도 나중에 진짜 선배가 될지도 모르는 이들에게 능력과 성실함을 어필하는 모습을 보며 수현은 자신에게 정말 필요했던 건 부모님 곁을 떠나 다른 도시로 갈 명분이었음을 깨달았다. 수현은 인턴 기간을 겨우 버텼다.

종일 침대에 누워 있었다. 잠이 늘었고 머리를 감는 일이 힘겨워졌다. 배가 고프면 배달 앱으로 피자를 한 판 주문해 이틀 동안 먹었다. 누군가가 메시지를 보내오면 답했지만 전화 연락은 받지 않았다. 눈을 깜빡이며 천장 벽지의 마름모꼴 문양을 세어 보듯 응시했다. 통잠을 자는 일이 줄었고 잠과 깸의 경계가 희미해졌다. 그랬기에 수현은 그날 아침 8시 50분 전후에 자신이 어떤 상태였는지 기억하지 못했다. 잠들어 있었을까. 눈을 멀뚱멀뚱 뜬 채 벽지의 무늬를 헤아려 보고 있었을까. 오로지 수현은 자신의 귓가를 울리기 위해, 발화(發話)된 지점에서 최단 거리로 전달되어 온 그 음성만을 또렷하게 기억할 뿐이었다.

끝이 갈라지는 새된 목소리. 부리아! 부리아! 세 음절의 연속. 수현은 그저 골목길을 지나는 여자가 누군가와 통화하며 싸우는 소리라고 여겼다. 몸을 뒤척이다가 이불을 머리끝까지 덮으려던 순간 수현은 깨달았다. 창밖의 여자는 수현 자신에게, 적어도 이곳 빌라를 향해 소리치고 있었다.

"불이야!"

"불이야!"

"집에서 나오세요!"

수현은 연이어 기침했다. 매캐한 냄새가 콧속으로, 마치 물속에서 숨 쉬는 것처럼 따끔한 흔적을 남기며 깊이 들어오고 있었다. 현관문을 열고 나갔다. 뭘 챙겨야겠다는 생각도 하지 않았다. 한 손으론 입과 코를 막고 다른 손으론 눈앞의 뿌연 연기를 헤치며 복도를 통과했다. 빠르게 계단을 내려갔다. 정수리의 찌릿한 감각이 등줄기와 다리를 타고 발끝까지 일순간 번져 나갔다. 이대로 죽고 싶지 않았다. 사라지고 싶지 않았고 더 긴 시간, 많은 것을 누리고 싶었다. 이 세상에 소속되고 싶었다. 그래서 수현은 3층과 2층 사이 계단참에 선 채 외쳤다.

"불이야!"

"불이야!"

수현은 빌라 맞은편 중학교 담벼락에 등을 기댄 채, 필로티 주차장 안쪽에서 몸체를 키우는 너무나도 붉은 불길을 멍하니 바라보았다. 얼굴에 닿는 열기가 후끈했다. 젊은 여자와 남자가 현관에서 뛰쳐나왔다. 담벼락을 따라 선 사람들이 웅성거렸고 누군가는 비명을 질렀다. 뭔가 터지는 소리가 났고 불길은 순식간에 주차장 입구까지 번져 빌라 2층을 둥그렇게 감쌌다. 하늘로 잿빛 연기가 솟구쳤다.

불길은 점점 더 거세어졌고 수현은 양손을 가슴에 올렸다. 거세게 박동하는 심장을 꾹 누르며 단 한 명도 죽거나 다치지 않기를 빌었다. 그때 사이렌 소리가 들리더니 소방차 두 대가 골목으로 들어왔다. 진화가 끝난 뒤 제일 먼저 찾아온 건 사설 레커차 기사들이었고 다음으로 경찰 두 명이 현장을 조사하러 와 주차장에 차단선을 설치했다. 수현은 가만히 서서 그 모습을 지켜보았다. 사망자도, 부상자도 없다는 경찰의 말을 들은 뒤에야 다리에 힘이 풀려 주저앉았고 고개를 가슴 쪽으로 떨궜다.

“이거라도 좀 두르세요.”

누군가가 다가와 수현의 무릎 위에 얇은 올리브색 셔츠를 덮어 주었다. 그 목소리. 불이야, 불이야, 외치며 화재 사실을 알려 주었던 여자인 듯했다. 아닌 것 같기도 했다. 소리 지를 때 음성과 조용히 말할 때의 목소리를 연관 짓기는 어려웠다. 수현이 고맙다고 말하며 고개를 들었을 때 여자는 이미 수현에게 등을 진 채 멀어지고 있었다. 수현은 자리에서 일어났다. 그제야 자신이 티셔츠에 트렁크 팬티 차림이라는 걸 깨달았다.

셔츠를 허리춤에 두르고 검은 물이 떨어지는 주차장을 지나 건물 내부로 들어갔다. 계단을 오를 때 계속 기침이 나와 양손으로 입가를 가렸다. 불길은 집 안으로 들이치지 않았다. 다만 온갖 사물이 원래의 색보다 낮은 채도로 변해 있었다. 아주 작은 재들이 사물에 내려앉은 것이었다. 수현은 옷장으로 썼던 붙박이 수납장에서 바지를 꺼내 입고 캐리어와 타포린 백에 필요한 것들을 쑤셔 넣었다.

빌라가 있는 골목에서 빠져나와 왼편으로 꺾었고 인도를 감싸는 철 구조물 아래를 지나 사거리 횡단보도 앞에 멈춰 섰다. 중구보건지소와 중구청이 보였다. 중구청 건너편엔 옛 도청사가 있을 거였다. 바지 주머니에서 휴대전화를 꺼내 옛 도청사 주변에 공인중개사사무소가 있는지 알아봤다. 한 곳이 검색됐고 수현은 길 찾기 버튼을 눌렀다.

밤이 되었을 때 수현은 무채색 장판 바닥에 누워 있었다. 눈을 느리게 깜빡이며 무늬 없는 천장을 바라보았다. 좁은 원룸 어느 곳에도 무늬 같은 건 없었다. 수현은 모로 누우며 몸을 웅크렸다. 양팔로 무릎을 그러안고 목소리를 떠올렸다. 끝이 갈라지고 앙칼진, 수현의 귓가에 곧장 내리꽂는 고함을. 그 목소리가 아니었다면 수현은, 빌라에 사는 다른 사람들은, 지금과 다른 결말을 맞이했을지도 몰랐다.

손을 뻗어 바닥에 개어 두었던 올리브색 셔츠를 집어 당겼다. 그것을 펼쳐 덮었다. 얇은 셔츠였지만 몸이 따뜻해졌고 금세 졸음이 왔다. 이번에도 수현은 목소리를 떠올렸다. 이거라도 좀 두르세요, 작고 나긋나긋한 목소리. 수현은 확신했다. 불을 알리는 날카로운 목소리와 셔츠를 건네주는 부드러운 목소리는 한 사람의 것이었다.

불난 집의 물건들을 전부 정리해 버린 날이었다. 수현은 옛 도청사 포치 뒤편의 나무문을 밀고 들어가 왼편 대전근현대사전시관의 자동 유리문 버튼을 눌렀다. 상설 전시가 열리는 곳이었다.

가벽을 따라 근대도시 대전의 100년 역사를 보여 주는 텍스트와 지도, 사진 자료 따위가 전시되어 있었다. 수현은 증축되기 전 2층이었던 옛 도청사 사진을 잠깐 응시했다가 목척교에 관한 텍스트와 사진 앞에 멈춰 섰다. 목척교가 일본 수비대의 병기를 수송하기 위해 처음 가설되었고, 도청 이전을 염두에 두고 콘크리트 다리로 바뀌었으며, 대전천 복개 공사로 사라졌다가 천을 복원하며 지금과 같은 모습의 다리가 되었다는 걸 알게 됐지만 곧 잊어버렸다. 수현은 한국전쟁 당시 대전의 피난민들이 만남을 기약하는 장소로 목척교를 택했다는 내용만을 기억했다. 사라지지 않을 것 같은 무언가. 그것이 목척교였나 보았다. 피난민들의 믿음처럼 목척교는 전쟁 중에도 자리를 지켰지만 결국 사라졌고, 더 오랜 시간이 흘러 다른 모습으로 돌아왔다.

전시관에서 나와 복도를 따라 로비 쪽으로 걸었다. 커다랗고 긴 창을 통해 햇빛이 쏟아져 내리는 계단참을 돌아 홀린 듯 2층까지 올라갔다. 도지사 집무실로 썼던 공간이 열려 있었고 둥근 탁자와 그것을 둘러싼 1인용 소파들 너머로 테라스가 보였다. 수현은 그곳으로 나아갔다. 처음 대전에 도착해 택시를 타고 지나왔던 중앙로가 시원하게 뻗어 있었다. 멀리 목척교와 대전역의 일부분이 보였다. 더 멀리 'ㅇㅅㄷ'이라는 간판을 단 대학교 건물과 뒤편의 산까지 시야를 가로막는 건 없었다. 수현은 가슴을 쫙 폈다. 스스로 선택해 살고 있는 곳의 공기를 가슴 깊이 빨아들였다. 수현은 이 도시에, 지금은 옛 도청사에 소속되었다고 느꼈다.

안과 원무과에서 일하게 되었다고 알렸을 때 엄마는 아무런 답도 하지 않았다. 수화기 너머로 오랜 시간 정적이 흘러서 수현은 이만 전화를 끊어야겠다고 말했다. 그냥 다시 올라오지 그래. 엄마가 얘기했고 수현은 작은 목소리로, 하지만 분명하게 대답했다.

"엄마, 이제 난 여기서 살 거야."

아침 8시면 빌라에서 빠져나와 옛 도청사를 스쳐 지하도로 들어갔다. 안과가 있는 건물까지 지하상가를 통해 갈 수 있었다. 카운터에 앉아 수현은 진료 신청을 받고, 번호표를 내밀지 않는 환자들에게 번호표를 뽑아 달라 말하고, 진료비 영수증과 처방전을 끊어 주고, 마스크 뒤편의 말소리를 알아차리느라 자신도 모르게 미간을 찌푸리고, 뭐 불만 있냐는 고성도 들었다. 저녁이 되면 다시 건물에서 빠져나와 지하상가를 따라 걷다가 요깃거리를 샀다.

그날 수현은 토스트점에서 햄치즈토스트를 주문하려 했다. 하지만 유니폼 차림의 점원이 뭐로 하시겠냐고 묻자 말문이 막혀 버렸다. 그 목소리. 목소리가 떠올랐는데 쉽게 단정할 수 없어서 분수대 벤치에 앉아 토스트가 나오길 기다렸다.

"햄치즈토스트 하나 시키신 분."

수현은 조금 더 기다렸다.

"손님! 햄치즈토스트 나왔습니다!"

목소리가 커졌고 수현은 정수리가 저릿해지는 걸 느꼈다. 수현을 구해 준 그 목소리가 분명했다. 토스트 봉지를 받아 들며 수현은 자신도 모르게 불쑥 물었다.

"맞죠?"

점원이 어리둥절하다는 표정으로 수현을 바라봤다. 그제야 수현은 자신이 멍청한 소리를 했다는 걸 깨달았다. 웃음을 참으며 한 달 전쯤 불길이 번지는 빌라 앞에 서 있지 않았냐고, 불이야, 불이야, 외치지 않았냐고, 내게 셔츠를 건네주지 않았냐고 물었다. 점원은 한 손으로 모자를 고쳐 썼고 뒷구멍으로 빠져나온 묶은 머리를 매만졌다. 입가에 미소를 띤 채 이연지라고, 자신의 이름을 말했다. 40분 후면 일을 마친다고 했다.

"기다려도 될까요?"

"네, 뭐. 일단 그렇게……."

수현은 토스트 봉지를 가방에 넣고 다시 분수대 벤치에 앉았다. 아주 오랜만에, 누군가와 함께 밥을 먹고 싶다고 생각했다.

두툼한 돈가스를 앞에 두고 수현은 별다른 말을 하지 못했다. 먼저 입을 열고 자기 얘길 시작한 건 연지였다.

연지는 불이 났던 곳에서 멀지 않은 빌라에 혼자 산다고 했다. 아침 8시부터 정오까진 지상의 베이커리에서, 오후 2시부터 7시까지는 지하상가 토스트점에서 일한다고 했다. 수현은 조용히 연지의 말을 듣다가 우물거리던 돈가스 조각을 삼킨 뒤 고맙다고, 정말 고맙다고 인사했다.

"덕분에 살고 싶어졌거든요."

수현은 서울에서만 살다가 대전에 온 지 얼마 안 되었으며 안과 원무과에서 일한다고 자신을 소개했다. 그러다가 문득 연지 역시 다른 지역에서 왔을 것 같아 고향이 어디냐고 물었다.

"태어난 곳이 고향인가요? 아님, 오래 살았던 곳?"

왜인지 실수한 듯해 수현은 주춤했지만, 연지가 곧 태어난 곳은 수원이고 자란 곳은 금산이라며 무심히 말했기 때문에 안도했다. 연지는 잠시 뜸을 들이다가 어려서부터 할머니가 일하는 곳에 따라다녔다고 얘기했다.

"그곳 냄새를 아직도 기억해요."

"어떤 냄새요?"

"삼 냄새요. 할머니가 삼을 접으러 다니셨거든요. 인삼을 접어서 실로 빙빙 돌려요. 아주 어렸을 땐 그게 되게 재밌는 놀이인 줄 알았어요. 좀 커서는 나도 할머니처럼 어딘가에서 뭔가를 접고 빙빙 돌리게 될 거라고 생각했어요. 지금 그렇게 지내고 있고요."

식당에서 나오며 수현은 연지에 대해 많은 것을 알게 되었다는 기분이 들었다. 다시 만나자며 휴대전화 번호를 주고받은 뒤 두 사람은 지하상가 중앙 분수대 앞에서 헤어졌다. 수현이 연지가 나가야 할 출구 근처까지 데려다준 것이었다. 수현은 연지와 함께 걸어왔던 길을 거슬러 갔고 옛 경찰청사 쪽 출구로 나가면서 무심코 고개를 들었다. 순간 팔뚝에 소름이 돋았다. 더는 발을 뗄 수 없어서 고개를 든 채 멈춰 버렸다.

담장 너머 히말라야시다 서너 그루의 윗부분에 흰 공룡알이 수십 개씩 매달려 있었다. 수현은 빠르게 주위를 둘러보았다. 저 기이한 장면을 바라보는 게 오직 자신뿐인가 싶어서였다. 인도를 지나다니는 사람은 아무도 없었고 차도에 드문드문 차량이 지나갈 뿐이었다. 수현은 다시 시선을 위로 옮겼다. 히말라야시다는 인도보다 높은 옛 경찰청사 부지의 가장자리에 있었고 그래서 더 거대해 보였다. 뾰족한 우듬지, 축 늘어진 가지와 잎들. 왕복 4차선 도로를 앞에 둔 지하도 출입구 바로 옆의, 자연(自然). 곳곳에 매달린 게 정말 공룡알이더라도 그리 이상하지 않은 광경이었지만, 공룡알이라니? 그럴 수가 있나? 수현은 고개를 저었고 공룡알이라고 여겼던 것들은 이제 커다랗고 하얀 솔방울처럼 보였다. 그렇다 해도 말이 안 되잖아, 생각한 순간 클랙슨 소리가 길게 울렸다. 솔방울 하나에서 날개 같은 뭔가가 쑥, 삐져나왔다. 수현은 방어하듯 왼팔을 이마 위로 가져갔다가 다시 천천히 내렸다. 날개 같은 뭔가는 진짜 날개였고, 둥그런 형체들은 몸을 만 채 쉬거나 잠든 새들이었다. 희고 커다랬다. 수현은 잠시 고민하다가 연지에게 전화했다.

“보여 줄 게 있는데, 지금 다시 만날 수 있을까요?”
연지는 10분쯤 지나 숨을 헐떡이며 나타났고 눈을 동그랗게 뜬 채 수현이 가리키는 곳을 응시했다. 두 사람은 담장 앞에 나란히 서서 히말라야시다의 윗부분을 올려다보았다.
“백로네요. 가지에 눈사람이 내려앉은 것 같아요.”
연지가 말했다.
“전 공룡알이거나 커다란 솔방울인 줄 알았어요.”
“공룡알은 좀 너무한 거 아닌가요.”
연지가 수현을 바라보며 픽 웃다가 표정을 바꾸며 시선을 내리깔았다.
“저, 그 사람 아니에요.”
“네?”
“불났다고 외친 거, 저 아니에요. 셔츠 준 사람도 아니고요.”
“왜 아까는 말 안 했어요?”
수현은 들뜬 마음이 조금씩 가라앉는 걸 느꼈다.
“그냥, 얘기해 보고 싶었어요. 그날 아침에 골목 지나가면서 사람들이 대피해 있는 걸 봤거든요. 저 사람들 마음은 어떨까, 안됐다, 나도 잘 살아 봐야겠다, 그런 생각 하면서 불을 구경했어요. 제가 못된 거 알아요. 죄송합니다.”
말을 마치고 연지는 고개를 꾸벅 숙여 보인 뒤 지하도 출입구 쪽으로 뛰어갔다.

연지와의 만남 이후 수현은 퇴근길에 지하도를 이용하지

않았다. 토스트점 근처를 지나다가 연지를 마주치게 될 것 같아서였다. 지상으로 걸으며 멀리서부터 옛 도청사를 눈에 담았고 히말라야시다가 있는 곳까지 조금 돌아갔다. 옛 도청사 바로 앞엔 횡단보도가 없었다. 고개를 들면 백로 한두 마리가 하늘을 맴도는 게 보였다. 퇴근 후 다른 곳에 들렀다가 집으로 돌아갈 땐 이미 백로 수십 마리가 히말라야시다에 내려앉아 있었다.

아침에도 수현은 백로를 보았다. 출근길, 옛 도청사 부지를 가로질러 걸으면 종종 히말라야시다를 떠나는 희고 큰 새들을 볼 수 있었다. 쟤들도 어디론가 먹이를 구하러 가는구나 생각하면 왠지 가슴이 뜨거워졌다. 진료 신청을 받고, 번호표를 뽑아 달라 말하고, 진료비 영수증과 처방전을 끊어 주고, 고함치는 누군가를 앞에 두고 손바닥을 유니폼 바지에 닦는 일이 견딜 만해졌다.

어느 날 점심시간, 연지가 한 번 더 볼 수 있냐며 메시지를 보내왔다. 수현은 저녁때 지하상가 분수대 앞에 앉아 있겠다고 답했다. 지난번처럼 오래 기다리긴 싫어 연지가 퇴근할 무렵에 맞춰 분수대 벤치에 앉았다. 수현을 발견한 연지가 고개를 끄덕이며 인사했고 수현은 멋쩍게 웃어 보였다.

옛 경찰청사 쪽 출구로 나온 두 사람은 옛 도청사와 옛 경찰청사 사잇길을 통과해 뒷길의 동죽칼국수집으로 들어갔다. 육수가 끓으며 냄비 바닥에서 동죽이 달그락거리기 시작하자 연지는 칼국수도, 커피도 자신이 살 테니 거짓말한 것을 잊어 주면 안 되겠냐고 물었다. 수현은 고개를 끄덕이며 자신이 연지를 미워하지 않았다는 걸 깨달았다.

식당에서 나와 연지가 카페에 가자고 했지만 수현은 연지를 편의점으로 이끌었다. 따뜻한 캔 커피를 손에 들고 산책하면 좋을 것 같았다. 수현이 온장고 앞에서 커피를 고르는 동안 연지는 종이컵과 함께 포장된 분말 핫초코 하나를 집어 왔다. 둥글고 따뜻한 것을 하나씩 손에 든 채 두 사람은 옛 도청사 둘레를 걷다가 옛 경찰청사 주차장 쪽으로 향했다.

"저기 봐요."

수현이 히말라야시다 여러 그루를 가리키며 말했다. 희고 큰 새들이 돌아와 있었다.

"가 봐요. 우리 저 아래 서 봐요."

연지가 답했다.

나무 아래 서서 수현은 상체를 웅크렸다. 바로 위에 백로들이 있었고 몸속 어딘가가 간질거렸다. 수현은 눈을 감은 채 작은 목소리로 어린 시절 아빠가 앵무새를 사 왔던 얘길 했다. 새를 사 왔다고 표현한 게 좀 거슬려서 아빠가 그렇게 말했다고, 이 앵무새가 얼마짜리인지 강조했다고 덧붙였다.

수현은 눈을 떴다. 연지가 수현을 마주 보고 서 있었다. 연지의 눈을 바라보며 수현은 이야기를 이어 갔다. 아빠가 무려 수족관 주인과 이런저런 얘길 한 끝에 모란앵무를 골랐다는 걸 떠올리면 아빠에 대한 미움이 아주 조금 가라앉는다고. 초록빛 몸에 눈과 부리 주위만 주홍색인 모란앵무에게 어린 자신이 '모라니'라는 이름을 붙여 주었다고. 냄새에 예민한 엄마 때문에 그 추운 날 새장은 베란다에 놓였고, 다음 날 아침 모라니는 새장 바닥에 누워 있었다고. 감은 눈꺼풀이 엄청 희었다고.

"아파트 단지 뒷산에 모라니를 묻어 줬어요. 봉분을 만들고 주위에 둥그런 돌 여러 개를 쌓고……. 표시를 해 놓은 거죠. 매일 찾아가서 모라니가 잘 있는지 확인해 보려고요."

수현은 홀린 듯 계속 말했다. 세찬 비가 내린 어느 아침 봉분도, 주변에 쌓아 둔 돌들도 사라지고 말았다고. 고갤 숙인 채 한참을 돌아다녔지만 흔적조차 찾을 수 없었다고. 경사진 땅바닥에 누워 몸이 조금씩 젖어 가는 걸 느끼며 눈물을 흘렸다고. 누군가에게 그때 얘길 하는 건 처음이었다.

"엄마 돌아가시고 가장 후회했던 게 뭔지 알아요?"

연지가 말했을 때 두 사람 사이로 뭔가가 툭, 비린 냄새를 풍기며 떨어져 내렸다. 수현은 고개 숙여 바닥을 살펴보았다. 곳곳이 백로들의 배설물로 하얗게 물들어 있었다. 다른 데서 얘기하자고 수현이 말했지만 연지는 고개를 저었다.

"엄마가 퇴원하고 금산 집에 누워 있었을 때였어요. 저는 열 살이었고요. 그땐 뭐 아는 게 있나요. 부모님 사인을 받아야 하는 가정통신문이 있었는데, 할머니가 해 줘도 되는 걸 엄마한테 가져갔어요. 누운 채로, 손을 떨면서 한 사인이 제대로 됐을 리가 없죠. 난 왜 그걸 창피해했을까요? 학교 가는 길에 울면서 가정통신문을 찢어 버렸어요."

수현은 연지를 데리고 옛 도청사 포치 계단에 앉았다.

선득한 바람이 불었고 엉덩이가 금세 차가워졌는데도 두 사람은 오랫동안 그대로 앉아 있었다. 수현이 2층 테라스에서 봤던 것만큼은 아니었지만 중앙로 멀리까지 자동차의 불빛들이 바라다보였다. 한참 말이 없던 연지가 근데, 하며 입을 열었다.

"저 아래 지하도가 있다는 게, 사람들이 땅속을 돌아다니고 거기서 일한다는 게 좀 이상하지 않아요?"

수현은 연지의 뒤통수 너머로 펼쳐진 공백을 응시했다. 기다랗게 이어진 펜스 뒤편에 삐죽삐죽 솟아 있어야 할 히말라야시다 여러 그루가 잘려 나가고 없었다. 백로가 한 마리도 보이지 않았다. 철거가 진행되었다. 옛 경찰청사가 흔적도 없이 사라져 있었다.

"전부 떠났네요."

연지가 수현을 바라보며 말했고 수현은 아뇨, 하고 답했다.

"다른 곳에 있을지도 모르죠. 한번 돌아봐요."

시민대학 건물 쪽 펜스가 끝나는 곳에서 두 사람은 많은 것이 사라진 광경을, 거대한 공간(空間)을 마주했다. 부지 한가운데가 직사각형 모양으로 움푹 파였고 뒤편엔 건물의 잔해가 어지럽게 쌓여 있었다. 봉분 같은 그곳 너머로 도로 건너편의 주상복합빌딩 두 채가 기다랗게 보였다.

옛 도청사 둘레를 천천히 둘러보았지만 백로들이 자리를

틀 만한 나무는 없었다. 두 사람은 뒷길로 빠져나왔다.
둥치가 굵은 플라타너스 사이사이로 제법 큰 히말라야시다가
여러 그루 있었는데 흰색 존재는 어디에도 보이지 않았다.
수현은 가방에 넣어 두었던 장갑을 꺼내 꼈고 연지는 패딩
점퍼의 모자를 쓴 채 상체를 수그리고 걸었다. 한낮 기온은
영상 10도를 웃돌 만큼 푹했지만 해가 진 뒤로는 여전히
한겨울처럼 바람이 찼다.

두 사람은 두 번째로 만났던 날 갔던 동죽칼국수집으로
향했다. 하지만 그때처럼 서로 어색해지지 않도록 이러저러한
얘길 꺼내지는 않았다. 동죽이 달그락거리는 소리만이 둘
사이의 정적을 메웠다.

"오늘 우리 집에서 잘래요?"

수현이 그릇째로 국물을 마시고 있을 때 연지가 물었다.
커피 한잔하자는 듯 가벼운 말투로 자기 집에 가자고, 맥주나
마시자고 했다. 밖에서 감질나게 마시다가 아쉬워하며
헤어지지 말고, 편한 차림으로 벌컥벌컥 마셔 보자고 했다.
수현은 국물을 한 모금 더 마시고 그릇을 내려놓았다.

"사다 놓은 거 다 해치우게요. 괜히 이삿짐 무거워지지
않게요."

"그럼, 그럴까요?"

수현은 더 고민하지 않고 답했다. 오늘만큼은 수현도 혼자
잠들고 싶지 않았고 다음 날이 공휴일이었으므로 연지의
초대를 거절할 이유가 없었다.

수현의 집부터 함께 들렀다. 현관문을 열고 들어가자마자

수현은 급히 치워야 할 것은 없는지 좁은 방 안을 훑어보았다. 누군가가 집에 오는 건 처음이었다. 수현의 우려와 달리 연지는 집 안을 살펴보지 않고 빈백에 앉아 휴대전화를 만지작거렸다. 자세가 편해 보여서 수현은 갈아입을 속옷과 옷, 로션 따위를 천천히 챙겼다.

연지의 집이 있는 골목으로 들어서며 수현은 숨을 가다듬었다. 불현듯 연기 속을 빠져나오던 기억이 스쳤다. 보이진 않았지만 멀지 않은 곳에 불이 났던 빌라가 있다는 걸 수현은 알았다. 연지가 수현의 얼굴을 살피며 한번 가 보겠냐고 물었다. 얼굴이 빨개져 있었다. 수현은 그러고 싶진 않다고 답했다.

연지가 사는 집은 수현의 원룸과 비슷한 구조와 크기였지만 훨씬 비좁고 답답해 보였다. 현관 겸 부엌과 방 사이의 미닫이 문턱 앞에 서서 수현은 놀란 티를 내지 않으려 노력했다. 천장까지 닿는 조립식 행거에 지나치게 많은 옷가지가 걸려 있었고 벽을 따라 늘어선 책장엔 책뿐만 아니라 온갖 잡동사니가 가득했다. 창문 아래로 일인용 토퍼 매트리스가 깔렸고 가까이에 각진 협탁이 놓였다. 아무것도 두지 않은 맨바닥은 두 사람이 앉으면 꽉 찰 정도로 비좁았다. 쭈뼛대던 수현이 바닥 한쪽에 앉자 연지가 그 앞으로 협탁을 끌어다 놓았다. 곧이어 연지는 부엌에서 나초 과자 한 봉지와 맥주 두 캔을 가져왔다. 떠난 백로들을 위해 마시자며 수현의 캔에 자기 캔을 부딪쳤다.

"내가 말해 줄걸 그랬어요. 몸짓으로라도 보여 줄걸."

연지가 말했을 때 수현의 오른편에서 또르르, 소리가 들려왔다.

"누군지는 모르지만 저 사람 항상 오줌을 두세 번 끊어서 눠요."

오줌 누는 소리가 멈췄다가 다시 시작되었다.

"저 사람도 여기서 나가야겠지, 그런 생각을 하면 좀 짠하기도 하고요."

"이사할 집 구할 때 됐죠?"

연지는 조용히 고개를 끄덕이다가 맥주 두 캔을 더 가져와 협탁에 올려 두었고, 책장 앞에 쪼그려 앉아 아래 칸에서 신문지로 포장된 무언가를 꺼냈다. 누렇게 바랜 신문지를 벗기자 먼지가 피어올랐다. 잠시 후 금색 테두리의 액자가 모습을 드러냈다.

"나예요. 유치원 졸업식 때. 귀엽죠?"

연지가 액자 앞면을 수현에게 보여 주었다. 사진 속엔 학사모와 졸업 가운을 갖춰 입은 어린 연지가 있었다. 활짝 벌린 입 가운데 앞니 두 개가 도드라져 보였다. 이번에 연지는 책장 옆에서 상자 하나를 가져와 어렸을 적 썼던 일기장 여러 권과 상장을 모아 놓은 파일을 수현에게 건넸다. 수현이 일기장을 훑어보는 동안 연지는 태어나 처음 신은 에나멜 구두와 엄마가 손뜨개로 만들어 줬다는 아주 작은 원피스를 시작으로 오래전부터 자신의 것이었던 물건들을 하나씩 보여 주었다.

"할머니가 전부 바리바리 싸 주면서 날 쫓아냈어요.

큰 도시로 가라고요. 가서 돌아올 생각 같은 건 하지도 말라고요. 우리 할머니 참 독하죠. 곧 돌아가실 거란 걸 알았나 봐요."

연지는 계속 이야기했다. 처음엔 서울로 갈까 싶었지만 할머니에게 무슨 일이라도 생기면 금산까지 가는 데 너무 오래 걸릴 것 같았다고. 그렇게 연지가 겨우 선택한 곳이 대전이었다. 말을 마치고 연지는 맥주를 들이켰다. 아무리 마셔도 취하지 않는 것 같았다. 이미 수현은 한 캔 마셨을 때부터 얼굴이 불콰해졌고 두 캔 마시고 나서는 발음이 조금 어눌해졌다. 세 캔째 마시는 지금은 걷잡을 수 없이 슬퍼졌다. 상자 속을 뒤적이는 연지를 바라보며 수현은 연지 어머니의 사인에 대해 생각했다.

"어머니 성함이 어떻게 돼요?"

"박희영이요. 아, 이렇게 말하면 안 되죠? 박, 희 자, 영 자예요. 근데 그건 왜 물어요?"

"사인이 어떤 모양이었을까 생각해 봤는데, 성함을 모르니 떠오르지가 않아서요."

연지가 웃음을 터뜨리는데도 수현은 진지한 표정을 유지했다.

"연지 씨는 어머니 사인을 창피해한 게 아니었어요. 슬퍼서 찢어 버린 거예요."

"뭐든, 찢어 버린 건 찢어 버린 거죠. 어렸을 때잖아요."

새벽 2시쯤이 되어 연지는 토퍼 메트리스 위에 있던 이불을 세로로 반 접어 바닥에 깔았고 매트리스는 수현의 자리,

이불은 자기 자리라고 말하며 행거에서 니트 재질의 옷 여러 벌을 가져왔다.

"오늘 덮을 임시 이불이에요."

피곤했는지 연지는 불을 끄고 눕자마자 새근거리며 잠들었다. 연지의 숨소리를 들으며 수현은 오랫동안 깨어 있었다. 가슴에 두 손을 올리니 부드럽고 따뜻한 스웨터의 감촉이 느껴졌다. 잠에 들려 할 때 벽 너머에서 또르르, 누구인지 모르는 사람의 오줌 누는 소리가 들려왔다.

3월 둘째 주 일요일, 연지가 세종으로 떠났다. 수현은 짐이 많다며 볼멘소릴 하는 용달 기사를 바라보다가 혼자 들기에도 괜찮은 상자들을 날랐다. 빌라에 엘리베이터가 없어서 몇 번 왔다 갔다 하니 무릎이 시큰거렸다. 짐을 전부 싣고 연지는 용달차 조수석에 앉아 차창을 내렸다. 수현은 망설이다가 가방에서 올리브색 셔츠를 꺼내 건넸다.

"결국 내가 갖게 됐네요. 고마워요."

골목 끝으로 멀어지는 용달차를 바라보며 수현은 연지에게 잘된 일이라고 스스로를 다독였다. 뭔가를 접고 빙빙 돌리는 생활에서 벗어나게 되었다고 연지가 말했기 때문이었다. 무엇보다 할머니가 좋아하셨을 거라고, 아니 하늘에서 지켜보며 좋아하실 거라고 했다.

밤 산책은 끝났다. 혼자서는 걷고 싶지 않아 수현은 공영 자전거 타슈를 빌려 탔다. 대전천변으로 내려가 오른쪽으로 핸들을 틀었다. 밤마실 나온 사람들과 강아지들, 그리고 바람 사이로 빠르게 달렸다. 다리 아래를 지날 때마다 옅은 물비린내가 코끝에 스쳤다. 문창교에 다다를 즈음 페달이 무겁게 느껴져 기어를 바꿨고, 석교가 보이면 언제 핸들을 돌려야 하나 고민했다. 돌아가는 길은 조금 더 어둑했다.

3월 16일 목요일 밤이었다. 집으로 돌아와 수현은 연지에게 메시지를 보냈다. 일은 어떠냐고 묻자 연지는 투피스 정장 차림으로 출근해 회사 1층 로비를 지킨다고, 사실 하는 일은 베이커리나 토스트점에서 하던 것과 크게 다르지 않다고 답했다. 수현은 왜인지 마음이 착잡해져 샤워를 하고 얇은 코트를 걸친 채 밖으로 나왔다. 머리카락 끝이 덜 말랐는지 목덜미가 서늘했다.

발끝만 바라보며 걷다가 옛 도청사 뒷길에 들어서며 습관적으로 고개를 들었다. 푸른 기가 도는 밤하늘 멀리 흰색 점 두 개가 희미하게 보였다. 수현은 멈춰 섰다. 설마. 혼잣말을 내뱉었다. 설마. 다시 한번 내뱉었다. 수현은 보았다. 점차 커지던 점 두 개가 흔들리는 곡선이 되는 것을.

마침내, 활짝 편 날개와 긴 목이 드러났다. 백로 두 마리가 하늘을 맴돌다가 낮게 날기 시작했다. 수현은 새들이 향하는 곳으로 뛰었다. 시민대학 주차장이 있는 골목 쪽이었다. 골목으로 들어서자마자 오른편에 삐죽 솟은 히말라야시다가 보였다. 아! 수현은 탄성을 내뱉었다.

주차장 왼편, 히말라야시다 우듬지에 백로 한 마리가 앉아 있었고 다른 한 마리는 조금 아래쪽 가지 위에서 날개를 움직거렸다. 수현은 다시 고개를 들었다. 하늘을 가르며 백로

세 마리가 날아오는 중이었다. 주차장엔 히말라야시다가 한 그루 더 있었고 백로들은 조금의 시차를 두고 그곳에 자리 잡았다. 날개를 푸드덕거리며 하나둘 가지에 앉았다.

수현은 주차장 가운데 서서 히말라야시다 두 그루를, 그 위에 자리 잡은 백로들을 바라보았다. 뒤편 공사장의 펜스가 눈에 들어왔지만 바로 시선을 돌렸다. 갑자기 바람이 불어 히말라야시다의 가지들이 흔들렸다. 한 마리가 날개를 살짝 펼쳤다가 접었을 뿐 백로들은 가지와 함께 유유히 움직였다. 바람이 거세어지면서 가지가 위아래로 요동쳤을 때도 바람에 올라탄 듯 편안해 보였다. 수현은 휴대전화를 꺼내 들었다. 밤 9시 56분의 이 광경을 영상으로 담아 연지에게 보냈다. 수현의 눈앞에서 작고 새하얀 깃털 하나가 느리게 부유하고 있었다.

따뜻한 날이 이어졌다. 벚꽃이 피고 목련꽃이 지는 동안 수현은 백로들을 보지 못했다. 공사가 길어지며 옛 경찰청사 부지를 둘러싼 펜스엔 대전의 랜드마크를 알리는 시트가 붙었다. 이팝나무꽃이 피고 송홧가루가 날리는 어느 밤, 시민대학 주차장 한가운데 서서 수현은 깨달았다. 백로들은 떠났다. 하지만 아주 사라진 건 아니었다. 이곳에서는 떠났지만 어딘가엔 도착했을 거란 걸 수현은 알았다.

2023년 2월의 마지막 날 우리는 에스컬레이터를 타고 지하상가에서 빠져나왔다. 옛 충남도청사의 포치를 스쳐 지나며 그곳의 어떤 존재들이 사라졌다는 걸 알아차렸다. 백색의 펜스 뒤편을 지키고 있어야 할 것들이 보이지 않았다. 히말라야시다 여러 그루도, 그곳에 날아들던 백로들도. 어떻게 해? 중얼거리며 주변을 서성이다가 옛 충남경찰청사가 철거됐다는 것을 알았다. 대전시민대학 건물 쪽 펜스가 끝나는 곳에서 많은 것이 사라진 광경을 멍하니 응시했다. 오래도록 기억하기 위하여. 어떻게 해야 하나 싶으면 소설을 쓰게 되었다. 그렇게 수현과 연지는 밤 산책을 시작했다.

앞으로 겪을 상실이 두렵다고 자주 말했다. 살면서 영영 잃어버릴 것들을 떠올리며 시간이 멈추길 바란 적도 많았다. 도움이 되는 조언을 들었다. 상실은 내가 어떻게 할 수 없이 닥쳐오지만 좋은 것들은 만들어 갈 수 있다고 했다. 그렇다면, 내가 결정할 수 있는 게 하나라도 있다면 소설을 쓰고 싶었다. 잃어버린 것들을 곱씹어 생각하며 의미를 찾고 싶었다. 매일 쓰면서도 잘되지 않는 날엔 불안했다. 다음 날의 쓰기를 두려워하며 잠 못 이루었다. 그럴 땐 이런 말도 들었다. 며칠 마음대로 쓰지 못한 것에 낙담할 이유가 없다고. 쓰기는 평생 가져가야 할 작업이며 삶을 사는 하나의 태도라고. 그런 말들에 의지해 겨우 써 나간 날들이 있었다.

사는 곳이 내 정체성의 일부를 구성한다는 걸 소설을 쓰며 이따금 확인했다. 소설 속에서 대전의 지명은 서울의 그것보다 쉽게 기호가 되었다. 이유가 있어야 한다는 말을 나중에는 이해하게 되었지만, 한편으론 여러 소설에서 등장인물들의 약속 장소로 서울의 지명이 짧게 언급되고 마는 것을 이상하게 생각하기도 했다. 내가 사는 도시의 이야기를 쓰고 싶었지만 내심, 아니 너무나도 나는 그것을 서울이라는 장소로부터, 그곳을 공간적 배경으로 삼는 가상의 집단으로부터 인정받고 싶었다. 모순이라고 여기면서, 하지만 어쩔 수 없다고 생각하면서, 다시 우스워하면서 고민을 이어 갔다. 그러한 시간이 없었다면 대전이라는 도시의 한 존재로서 「눈사람들, 눈사람들」을 쓰지 못했을 것이다. 많은 원고 사이에서 발견해 주신 심사위원분들께, 수상과 발표의 기회를 주신 문학웹진 림에 감사의 말씀을 드린다.

소설 쓰는 사람들끼리의 느슨한 관계를 좋아한다. 일상을 공유하지 않아도 쓰기라는 작업을 사이에 두고 같이 살아 낸다는 느낌을. 존경하는 선생님들께, 함께 쓰는 동료들에게 나는 비밀스러운 애정을 품어 왔고 그것을 쓰기의 동력으로 삼았다. 계속 써 나가도록 힘이 되어 주신 분들께 감사한 마음뿐이다.

이주를 거듭하며 길을 만들어 오신 부모님께, 각자의 여정을 시작한 동생들에게, 나는 쓰기로써 멀리까지 나아가겠다고 다짐 같은 말을 남긴다.

비장해지지 말자고 다짐했지만 그럴 수 없었다. 더 몰두하라는 격려로 여기며 나아가겠다.

성수진

소설을 읽고 쓰며 그것에 대해 듣고 말하는 일을 좋아한다. 앤솔러지 『셋셋 2024』에 단편소설 「재채기」를 실었다.

우수상

이돌별

포도알만큼의 거짓

한때는 교사가 되겠다는 꿈에 부풀어 있었다.

이런 문장으로 일기를 시작한다. 일기를 쓰는 것은 돈을 내지 않고 받을 수 있는 상담이라고 한다. 딱히 치유 효과가 있는지는 모르겠지만, 그림에 소질이 없는 내가 손을 움직이면서 낙서를 한다고 생각하면 썩 나쁘지 않다. 처음 일기를 쓸 때는 일기에 나 자신에 대한 거짓을 쓰는 것이 의외로 쉽지 않았다. 사실 나는 교사의 꿈을 가졌던 적이 없고, 지금도 마찬가지이다. 내게 학생이란 그저 40분 단위로 해치워야 할 주어진 업무에 불과하다.

솔직함을 미덕으로 여겼던 어린 시절에는 굳이 거짓을 적을 생각을 해 보지 않았다. 내게 일어난 일의 전체를 최대한 그대로 적어 내기에 바빴다. 조금이라도 사실과 다르거나 누락된 사실이 있을까 봐 최대한 세세하게 쓰느라 며칠 내내 일기만 쓰기도 했다. 그러던 내가 왜 거짓을 쓰게 되었을까. 왜 사람에겐 거짓이 필요하다고 생각하게 됐을까.

나는 아이들의 시선이 두려웠다. 아이들이 나의 진심을 꿰뚫어 볼 것만 같았다.

며칠 전에 내가 과학실에서 업무를 보고 있는데 5학년 2반 선생님에게 연락이 왔다. 2반 선생님은 내게 오중혁이 과학 시간에 넘어진 적이 있는지를 물었다. 나는 그날 오중혁이 여느 때처럼 몇몇과 함께 장난을 치다 의자가 밀려 넘어졌던 일을 떠올렸다. 까르르 웃는 아이들에게 둘러싸인 오중혁에게 나는 조용히 하고 자리에 똑바로 앉으라고 말했다. 2반 선생님 말로는 오중혁의 아버지가 전화해서는 아이가 넘어져서 우는데도 과학 선생님은 신경도 쓰지 않고 오히려 면박을 줬다며 화를 냈다고 했다.

순간적으로, 나는 그때 오중혁이 웃고 있는 게 아니라 울고 있었는데 내가 잘못 봤었나 싶었다. 다치지 않았는지 조금 더 살피지 않은 것은 내 책임이 될 것이라는 생각이 들었다. 나는 곰곰이 생각해 보았다. 그 순간의 분위기와 오중혁의 태도가 어땠더라…… 아니, 아니다. 오중혁은 크게 다치지도 않았고 울고 있지도 않았다. 오히려 옆의 친구와 함께 낄낄대며 웃고 있었다. 나는 잘못하면 이 일이 골치 아파질 수도 있겠다고 생각했다.

전담 교사를 몇 년 해 보니, 한 반을 보면 그 반의 담임이 어떤 성향인지 대충 예상이 간다. 그 반에 문제아가 몇 명이나 있느냐, 그 반이 얼마나 힘든 반이냐의 문제는 아니다. 아이들이 무엇을 규칙으로 인지하고 있느냐의 문제이다. 5학년 3반 선생님의 경우에는 성격이 세심하고 단정하다는 것을 3반 아이들을 보고 알 수 있다. 학급 운영이 명확한 교사의 반 아이들 사이에서는 일상에서 지켜야 할 예의와 규칙이 무엇인지 아주 사소한 것까지 공유된다. 분란이 일어날 만한 상황을 예측해 규칙을 세우는 것에 익숙하다. 물론 아이들이 그 규칙을 잘 지키느냐는 교사의 역량을 넘어선 문제이다. 반대로 2반 선생님처럼 성격이 무디고 꼼꼼하지 않은 교사의 반 아이들 사이에서는 규율이 명확하지 않다. 규칙이 필요한 상황에서 설렁설렁 그저 대충 넘어가는 것이 보인다. 물론 규칙 없이도 분란이 일어나지 않는 것 역시 교사의 역량과는 관계없는 일이다. 그런데 보통 규칙이 있는데 안 지키는 반은 있어도, 규칙이 없는데 사이좋게 잘 돌아가는 반은 없다. 올해는 5학년 2반이 딱 그런 반이다.

가끔 수업이 끝나고 시간이 남으면 과학 관련 유튜브를 보여 줄 때가 있다. 그럼 꼭 오중혁이나 강동후 같은 애들이 선생님, 그거 말고 저거 봐요, 선생님, 다른 영상 봐요, 하고 요구한다. 그러면 5학년 3반 아이들은 강동후에게 아 니가 보고 싶은 건 니가 집에 가서 보든가, 그냥 선생님이 틀어 주는 거 봐, 하고 면박을 준다. 아마 학급에서 강동후가 본인 편의에 따른 요구를 할 때마다 담임 선생님이 비슷한 말을 하며 단호하게 끊어 내기 때문일 것이다. 하지만 오중혁이 그런 요구를 하면, 다른 아이들이 덩달아서 아니아니, 그거 말고 저거요, 저거, 아니, 그거 재미없다고, 하다가 자기들끼리 말싸움을 벌이곤 한다. 이런 경우, 학급에 정해진 규칙이 없다는 뜻이다.

특정 과목만 맡아 일주일에 2~3시간 수업할 뿐인 전담 교사가 반 전체의 분위기를 바꾸기는 어렵다. 물론 뛰어난 교사는 자신의 과목 시간 안에서만이라도 규율을 명확하게 세우고 수업한다. 일단, 그게 나는 아니다. 나는 포기를 학습하는 교사이다. 담임이 규율을 잘 세워 놓은 반에 들어가면 좋은 수업을 할 자신이 있다. 그때그때 상황에 맞는 자료를 찾아서 보여 주고, 아이들이 호응할 수 있는 농담을 해 가며 수업할 수 있다. 하지만 담임이 좀 헐렁한 사람이다? 나는 그저 준비해 온 것을 읊을 뿐이다. 학생의 귀에 들어가든 말든.

신세 한탄은 잘 하지 않는다. 어디 가서 좋다고도, 힘들다고도 할 수 없는 직업이다. 좋은 직업이냐고 물으면, 사실 매년 운에 모든 것을 맡기는 직업이라 같은 직업 내에서도 편차가 커서 뭐라 대답하기 어렵다. 다만, 잘못 걸리면 이 정도로 정신적인 스트레스를 받는 직업은 드물 거라고 확신한다. 엄살이 아니다. 하지만 전체적인 업무량의 평균을 따지자면, 글쎄, 다른 직업군에 비해 많은 편은 아니라고 생각한다.

그중에서도 나는 구멍 난 수조를 틀어막는 종이 뭉치 같은 역할이랄까. 전담 교사라고 하면 보기엔 크게 핵심 인력이 아닌 것 같지만, 또 없으면 물이 줄줄 새기 마련이다. 전담 교사란 자신이 마음먹기에 따라 갈라진 부분을 빈틈없이 메우는 든든한 실리콘이 될 수도, 아슬아슬한 방수 테이프가 될 수도, 있으나 마나 한 휴지 뭉치가 될 수도 있다. 나는 그중에서도 헐렁한 종이 뭉치 정도. 자리를 메우는 것만으로도 가치 있는 하찮은 존재. 그게 내 적성이다.

특정한 반 하나를 담당하지 않는 전담 교사는 아이들의 호감만 좀 얻어 내면 큰 문제가 생길 일이 잘 없다. 학교생활에서 아이들에게 생기는 문제들은 담임의 책임으로 떠넘기면 그만이고, 나는 그저 40분 동안 아이들을 데리고 있으면서 교육과정에 맞게 수업하면 된다. 아이들에게 호감을 사는 게 딱히 어려운 일은 아니다. 적어도 내게는 그렇다. 재미있는 사람이 되고 싶다고 생각한 적은 없지만, 시시껄렁한 농담 따먹기는 내 특기이다.

순욱의 빈 찬합이라고 들어 봤니? 삼국지에 나오는 조조가, 자기 쫄따구(일부러 비속어를 섞어 쓴다)한테 밥 먹으라고 찬합, 그러니까 도시락을 준 거야. 그래서 순욱이 집에 와서 도시락을 까 보니까 오, 텅 비었네? 그래서 순욱이 아, 이거 나보고 뒈지라는 거구나, 해서 스스로 목숨을 끊었다는 이야기가 있지. 내가 왜 이 말을 하느냐면, 얼마 전에 쌤 집 마당에 포도가 맺혔거던. 근데 그 포도 중 몇 송이가 병이 든 거야. 그니까 울 엄마가 그걸 빤히 보다가 하는 말이, 식물이든 자식이든 키우는 건 다 똑같다더라…… 안 되는 건 빨리빨리 가지를 쳐내야 한다는 말이 있다던데…… 아, 그때 쌤 동공 지진 와서 얼른 쌤 오빠한테 연락했지. 아무래도 내 얘기는 아니니까 너 조심하라고. 근데 얼마 뒤에 쌤 식탁 위에 병든 포도가 딱 올라오대? 깨달았지. 이거 순욱의 빈 찬합이군. 나보고 이제 집 좀 나가라는 뜻이군. 그래서 쌤이 지금 돈 벌려고 출근해서 니네 앞에 이러고 있는 게 아니겠니?

이 정도면 스탠딩 코미디언 아닌가라는 생각도 든다. 그래도 코미디 보러 온 관객들은 예의상 웃음소리라도 내주지, 6학년 새침데기들은 잘 웃지도 않는다. 그렇다고 무반응에 속으면 안 된다. 자신감과 뻔뻔함이 좀 필요한데, 지금 얘네들이 대놓고 웃지는 않아도 재미있어한다는 것을 믿어야 한다. 날 빤히 바라보고 있는 시선이 증명한다. 재미없으면 고개 숙이고 딴짓을 한다.

당연하지만, 아이들에게 해 주는 이야기들엔 전부 사실과 거짓이 섞여 있다. 아무렴 우리 엄마가 나한테 병든 포도를 먹으라고 줬을까. 이건 그저 포도알만 한 거짓말이다.

교직에 있으려면 해야 하는 귀찮은 일이라고 생각했는데, 어떤 직종으로 갔어도 상급자가 되면 마찬가지였을 것이다. 화가 나지 않았는데, 화를 내야 할 때가 있다.

뒷자리 남자아이들이 내가 나눠 준 학습지로 종이비행기를 만들고 놀길래 쓰레기통에 갖다 버리라고 했다. 마지못해 종이비행기를 쓰레기통에 집어넣은 녀석들은, 눈치를 살금살금 보다가 휴지를 버리러 가는 척하면서 다시 종이비행기를 꺼내 가져갔다. 다 보였지만 다시 지적하기도 귀찮아서 그냥 모르는 척 넘어가려 했더니 똘똘한 반장이, 쌤, 재네들 비행기 다시 가져가서 놀아요, 하고 고자질했다. 혼내기 귀찮은데, 이미 주의를 한 번 준 일인 데다 작정하고 선생님을 속여 먹으려 든 거니 혼내지 않으면 교사로서 직무 유기다. 분노하지 않았을 때 언성을 높이는 것(정확히는 목소리를 내리까는 것에 가깝다)은 에너지가 꽤 많이 드는 일이다. 사실, 애들이 그럴 수도 있지 뭐. 내가 이런 것까지 잔소리를 해야 하나.

수업을 방해할 정도가 아니면, 엎드려 자거나 딴짓하거나 몰래몰래 자기들끼리 장난을 치는 데에 일일이 잔소리하는 건 귀찮은 일이라 모르는 척하는 편이다. 그 귀찮은 일이 내 직업이긴 하지만. 나는 스스로를 '허용적인 교사'라고 규정했다. 영어 선생님은 웃으면서 나를 더러 '방임하는 교사'라고 놀렸다. 농담처럼 말했지만, 진심이었을 것이다. 급식으로 마라탕이 나온 날, 신이 난 아이들은 과학실에 놀러 와서 장난치다가 내게 영어 선생님은 맨날 화가 나 있다고 뒷이야기를 하고 갔다. 나는 영어 선생님만큼 허허실실한 사람도 못 봤다.

경험이 많은 교사일수록 아이들 앞에서와 어른들 앞에서 보이는 모습이 완전히 다르다. 어느 것이 본래 모습인지는 알 수 없는 일이다. 그건 정말로 알 수 없는 일이다. 그럼 아이들이 보는 나는 어떤 모습일까? 농담을 많이 하는 웃긴 선생님? 아이들에게 친절한 선생님? 화를 낼 땐 무서워지는 선생님? 참 알 수 없다.

과학 전담 교사가 음악이나 도덕 전담 교사에 비해 좋은 것은, 진도를 나가야 해서 다른 활동을 할 시간이 없다는 점이다. 과학 교사는 교과서에 정해진 그 차시의 실험을 하면 된다. 아이들을 재미있게 해 주기 위해 배우기 쉬운 K-pop 리코더 악보를 찾아본다거나 도덕적인 가치(예를 들면 협동)와 관련된 게임을 준비할 필요가 없다. 굳이 창의성을 발휘하지 않아도 충분하다.

비중계 실험이 있는 날이었다. 보통은 학교 텃밭에 심은 방울토마토 같은 것을 많이 사용하는데, 이번 연도에 텃밭 공사로 작물을 심지 않아 실무사님이 포도알을 대신 사 오셨다.

쌤, 이 포도알 제가 먹을래요.

2교시와 3교시, 각각 5학년 2반의 오중혁과 3반의 강동후가 한 말이다. 당연히 둘 다 이 포도알을 먹으면 안 된다는 것 정도는 알고 있다. 일부러 수업을 방해하려고 하는 말이다.

오중혁과 강동후는 예의가 없는 아이이다. 오중혁은 수업 시간에 "이거 왜 해야 돼요?", "하기 싫은데요.", "아닌데요." 같은 부정적인 말을 달고 산다. 강동후의 경우에는 쉬는 시간에 선생님 자리에 와서 선생님 물건을 함부로 이것저것 만지거나, 선생님 컴퓨터를 들여다보며 뭐 하는지 살피기도 하고, 언젠가 한번은 내게 와서 "선생님은 월급이 얼마예요?" 같은 질문을 하기도 했다.

오중혁과 강동후는 둘 다 예의가 없지만 유형이 다르다. 강동후의 "쌤, 이 포도알 제가 먹을래요."는 "선생님, 제가 이렇게 웃긴 아이예요."이다. 혹은 "얘들아, 내 말에 웃어 줘.", "내가 재밌는 친구라는 걸 증명해 줘."라거나. 반면 오중혁의 "쌤, 이 포도알 제가 먹을래요."는 "선생님, 저 만만하지 않아요."에 더 가깝다. 오중혁은 끊임없이 교사를 떠보고 살피는 아이이다. 자신이 어디까지 선을 넘을 수 있는지 눈치 보고 빈틈을 살피며 힘의 우열이 누구에게 있는지를 확인하려 든다. 불쾌하지만 다루기 어렵지는 않다.

그냥 기 싸움에서 이기면 된다.

강동후는 목적이 관심이기 때문에 의도적으로 무시하고 수업을 진행해도 괜찮다. 조금 심하다 싶으면 "안 되는 거 알면서 왜 묻느냐."라고 면박을 주고 넘어갈 수도 있을 것이다. 하지만 오중혁의 경우 가벼운 태도로 넘어갔다가는 다음번에 더 심한 장난을, 그 다음번에는 더더욱 심한 장난, 혹은 반항을 할 것이다. 오중혁에게는 정색하고 싸늘한 어조로 "너는 학기 초부터 이야기한 실험실 안전 규칙을 모르고 하는 질문이냐."라고 물어봐야 한다. 물어본 후에는 그냥 넘어가면 안 되고 시선을 고정한 채로 대답을 기다려야 한다. 몰랐다고 대답하든지, 죄송하다고 대답하든지, 혹은 아무 대답 못 하고 있든지. 분명한 반응을 끌어낸 후에야 다시 수업으로 돌아온다. 오중혁이 나에게 보여 주고 싶은 모습, '다루기 힘든 반항적인 아이'라는 인식을 오중혁 본인에게서 지워야 한다. 인간관계에서 소심한 사람들에게는 어려운 일처럼 들릴 수도 있지만, 몇 년간 아이들과 지내다 보면 이 정도는 아무렇지 않게 할 수 있게 된다. 교사는 단호함을 배우기 좋은 직종이다.

나는 강동후가 싫지만, 마음 한구석에는 미안한 감정이 조금 있다. 강동후의 장난 중 어떤 것들은 웃으면서 넘어가 줘도 되는 것이다. 혹은 따로 살짝 불러내서 어른들에게 지켜야 할 예의가 무엇인지 부드럽게 타이를 수도 있을 것이다. 미소를 지으며 "너에게 악의가 없다는 것을 알아. 하지만 장난을 치더라도 선생님과 학생 사이에는 예의가 필요하단다."라고 하면 강동후는 혼을 낸 게 아닌데도 스스로 부끄럽고 민망한 마음에 시무룩하게 울상을 지을 것이다. 눈이 살짝 붉어지고 눈물이 그렁그렁 맺히면 사탕을 하나 쥐여 주면서 다음부터는 잘하기로 약속을 받아 내면 된다. 하지만 그럴 수 없는 이유는, 표면적으로 강동후와 오중혁의 장난 수위가 비슷하기 때문이다. 오중혁에게는 정색하고 혼을 내면서 강동후에게는 웃으면서 넘어가 줄 수는 없다. 민원을 자주 넣는 오중혁의 부모에게서 차별이라고 말이 나오기 딱 좋다. 그러니 둘 다에게 공평하게 정색하며 크게 혼을 내야 한다. 그리고 다시 한번 말하지만, 화가 나지 않았는데 화를 내는 것도 참 성가신 일이다.

아, 말했다시피 나는 강동후가 싫다. 강동후도 싫고 오중혁도 싫다. 자신이 재밌는 아이라고 주장하든, 자신이 반항적인 아이라고 주장하든 상관없지만 나를 건드리지 않았음 좋겠다. 그 외에도 싫어하는 아이들이 몇몇 있다. 착하고 똑똑한 학생이라고 생각하는 아이는 있지만, 좋아하는 아이는 없다.

처음에는 외관과 언행으로 상대를 파악한다. 빽바지를 입고 반짝이는 시계를 찬 채 건들거리는 걸음으로 교실에 들어오는 학부모와 세미 정장을 입고 나긋한 말씨를 쓰는 학부모. 하지만 이것만으로는 상대를 정확하게 알 수 없을뿐더러 알 수 있는 정보의 범위도 한정된다. 그다음으로는 상대가 내 행동을 어떻게 평가하는지 본다. 내가 아이의 몸에 든 멍을 보고 아동 학대 신고를 했을 때, 감히 자신을 아동 학대범으로 보느냐고 윽박지르는 학부모와 우리 아이에게 관심을 가져 주어서 고맙다고 말하는 학부모. 어떤 관계이든지 액션과 리액션이 있어야 서로에 대해 알아 갈 수 있다. 마지막으로는 상대가 자신을 어떻게 꾸미는지를 본다. 교사에게 지지 않는 강한 학부모로 보이고 싶어 하는지 교사에게 협조적인 교양 있는 학부모로 보이고 싶어 하는지 살핀다.

강동후의 어머니는 자신이 동후에게 관심이 아주 많다는 것을 어필하고 싶어 한다. 그래서 필수적이지 않은 상담에도 굳이 빠지지 않고, 중요하지도 않은 전담 과목의 공개 수업까지 참관한다. 그것은 오히려 동후의 어머니가 동후에게 신경 못 쓸 때가 많다는 것을 반증한다. 그건 악의 없이 해맑지만, 사소한 부분에서 무례한 동후의 태도만 봐도 알 수 있다. 동후의 어머니는 학교에 큰 행사가 있을 때마다 관심을 표하지만, 정작 매일마다 쓰는 알림장의 숙제나 준비물은 제대로 확인하지 않을 때가 많다. 동후는 며칠간 같은 옷을 입을 때도 많고, 씻지 않아 머리가 떡진 상태일 때도 종종 있다. 사랑을 쏟는 것과 신경을 쏟는 것은 비례하지 않는다. 세상에는 자신이 사랑하는 것을 위해 시간과 노력을 쓰기에는 삶이 평온하지 않은 사람도 많다.

동후의 어머니에게 내가 얼마나 열정적인 교사이고, 수업을 잘하는 교사인지(물론 사실도 아니다) 알려 줄 필요는 없다. 그저 내가 동후의 어머니가 얼마나 동후에게 관심이 많은지 알고 있다는 티만 내 주면 된다. 그럼 동후의 어머니는 안심하고, 교사 역시 동후에게 신경을 써 줄 것이라 믿을 테니까.

오중혁의 아버지는 강하고 위협적인 학부모로 보이고 싶어 한다. 만약 자신의 아들이 부당한 대우를 받는다면, 절대로 가만히 있지 않을 것이라는 사실을 끊임없이 어필한다. 실제로 교사가 아이들에게 부당한 대우를 하는 사람인지는 중요한 문제가 아니다. 자신과 자신의 아들이 부당한 대우를 받을 만큼 만만한 사람이 아니라는 사실이 중요하다. 이때, 경우에 따라 다르지만, 교사가 상대를 어려워한다고 느끼게 하면 위험할 수 있다. 대체로 다른 사람에게 위협적으로 보이고 싶어 하는 사람들은, 다른 사람들보다 더 많은 권리를 요구할 때가 많다. 오중혁의 아버지는 오중혁이 4학년이었을 때 이미 학교에 민원을 가장 많이 넣는 학부모였다. 오중혁의 아버지는 작년에 4학년 담임에게, 자리를 옮기다 책상으로 오중혁의 허리를 살짝 친(멍도 들지 않았다) 여자아이더러 반 전체 앞에서 사과하도록 지시하라고 요구했다. 어떤 순간에는 상대가 보이고 싶어 하는 상대의 모습을 부정할 필요가 있다. 나는 당신을 전혀 위협적인 사람으로 보지 않습니다. 당신의 요구는 제가 들어줄 수 없는 것입니다.

"이 여자는 도덕적으로 그 자리에 부적절하다!" 사실 그러냐구요? 네, 그런 것 같애요. 하여간 부적절하지요…….

블랑쉬 드보아의 독백은 여자 배역을 희망하는 연극배우가 가장 많이 연습하는 독백 중 하나일 것이다. 나는 몇몇 '부적절'한 여성을 좋아하는데, 마담 보바리나 블랑쉬 드보아 같은 여자들이다. 그녀들은 자신의 거울상에 있어 부적절하다.

나는 블랑쉬가 일부러 밋치를 속이려던 것은 아니라고 생각한다. 블랑쉬는 정말로 믿었을 것이다. 자신이 유서 깊은 가문에서 자란 교양 있는 아름다운 아가씨라고. 누구나 자신이 떠올리는 자기 자신의 거울상이 있다. 그 거울 안에서는 블랑쉬가 학교에서 문학을 가르치다가 학생을 유혹한 게 들키는 바람에 쫓겨났다는 과거쯤은 괄호 안에 넣어 두고 폰트를 줄일 수도 있는 일이다. 그리고 누구에게나 자신의 거울상이 위협을 받는 순간이 있다. 깨진 거울 조각은 살을 깊게 벤다. 블랑쉬 드보아는 프랑스어로 하얀 숲이라는 의미이다.

트렌드가 지나치게 빨리 바뀌는 세상이다. 문학에만 트렌드가 있는 게 아니다. 교육에도 트렌드가 있다. 바야흐로 외적 보상의 시대는 저물고 내적 보상의 시대이다. 그러니까, 포도알 칭찬 스티커 같은 건 구시대의 유물이라는 의미이다.

스티커보다는 도장을 사용하는 편이 권장된다. 왜냐하면 스티커를 사용할 경우, 보상에 아예 흥미를 잃었거나 포기가 빠른 아이들이 다른 친구들에게 자기 스티커를 떼어 줘 버리는 경우가 있기 때문이다. 그럼에도 아직 포도알 칭찬 스티커를 사용하는 반이 있다면 두 가지 경우 중 하나이다. 담임 교사의 나이가 많거나, 다른 보상을 개발하려고 연구하는 노력을 하지 않거나. 5학년 2반 선생님의 경우에는 둘 다라고 생각한다. 나는 과학 교사로서, 이에 대해 별로 비판할 생각은 없다.

하지만 5학년 3반 선생님은 이런 2반 선생님의 태도와 업무 처리 방식에 대해 굉장히 유감이 많다. 5학년의 학년 부장 교사는 2반 선생님인데, 나이가 많아 업무에 미숙하다는 이유로 젊은 3반 선생님에게 일을 다 떠넘기고 있기 때문이다. 비슷하게 은퇴에 가까운 나이인 교장이나 교감의 경우에는 일반 교사보다 훨씬 업무에 능하고 공문이며 법률이며 모르는 게 없는데, 나이가 많아 업무 처리에 미숙하다고 하는 것은 게으른 변명이라는 것이 3반 선생님의 지론이다. 나도 나이가 들어 본 것은 아니니 그렇게 냉정하게까지 말할 일인지는 몰라도, 5학년 2반 선생님이 그래 놓고 부장 점수로 성과급은 홀랑 받아먹는 게 얄미워 보이긴 한다. 물론 나는 전담 교사로서, 이에 대해 불만이 없다.

나는 3반 선생님이 억울해하는 게 단순히 돈을 덜 받아서라고 생각하지 않는다. 돈은 좋은 것이지만, 여기서는 중요하지 않다. 중요한 것은 내가 얼마를 받느냐가 아니라 내가 일한 양과 노력한 양에 어떤 등급이 매겨지느냐이다. 부장의 업무량을 다 떠맡았는데 등급으로 그것을 증명받지 못하면, 아무리 주변 사람이 고생했다는 걸 알아줘도 스스로 나 자신이 내 노력에 낮은 등급을 매기게 되는 것이다. 아이들에게는 내적 보상을 강조하도록 요구하면서, 막상 교사들은 외적 보상으로 조련하는 교육부이다. 나는 교사로서, 이에 대해 살짝 유감이 있다.

감정적으로야 물론 3반 선생님에게 공감하지만 딱히 다른 선생님들과 함께 뒷담화하며 2반 선생님을 욕하거나 누군가의 편을 들지는 않는다. 너무 밝은 전등에는 종이 갓을 씌워 살짝 가리듯이, 나의 입장을 명명백백히 드러내는 것을 선호하지 않는다. 그럼 가끔가다가 2반 선생님에게서 간식 따위를 얻어먹을 수 있다. 대개 다른 사람에게 민폐 끼치는 걸 쉽게 생각하는 사람치고 인색한 사람 잘 없다.

2반 선생님은 아이들에게도 후해서, 포도알 칭찬 스티커를 다 모은 학생에게 80색 마커펜 세트 같은 비싼 선물을 상품으로 주거나 종종 간식과 장난감을 사서 교실에서 파티하는 등의 이벤트를 많이 벌인다. 수업 내용을 잘 가르쳐 주고 못 가르쳐 주고를 떠나서 아이들에게는 인기가 좋은 선생님이다. 아이들과 사이가 좋으면 학부모와도 별문제 없는 경우가 많다. 뭐라고 해도 결국 학부모와 교사는 중간에 아이들을 매개로 두지 않고는 접점이 없는 관계다. 2반 학부모들은 대부분 담임 선생님에게 만족한다. 오중혁의 아버지만 제외하고.

포도알 칭찬 스티커의 또 다른 문제점인데, 명확하게 기준을 세워 두지 않으면 차별한다는 소리가 나오기 마련이다. 오중혁은 자신이 받는 포도알 스티커에 불만을 가졌고, 이를 아버지에게 말했다. 오중혁이 실제로 차별을 받았는지는 알 수 없다. 교사들 사이에서 이미지가 좋은 아이는 아니니 실제로 그랬을 수도, 아닐 수도 있다. 어쨌든 오중혁의 아버지에게 중요한 것은 사실관계가 아니라 자기 아들이 차별을 받을 만큼 자신이 만만한 사람이 아니라는 것을 보여 주는 것이었다.

오중혁의 아버지와 2반 선생님은 이미 수차례 마찰이 있었다. 교장과 교감은 골머리를 앓으며 몇 번이나 2반 선생님을 호출해 따로 이야기했지만, 2반 선생님은 그럴수록 보란 듯 더 엄격하게 오중혁을 대했다. 다른 학부모들이 모두 담임 선생님 편을 든 데다, 퇴직이 얼마 남지 않았기에 2반 선생님의 배짱은 관리자들보다 컸다.

오중혁의 아버지는 담임이 자신의 입맛대로 굴지 않아서 약이 오른 상태였다. 오중혁이 과학 시간에 의자에 밀려 넘어진 일이 있고 난 후, 오중혁의 아버지는 벼르던 것을 내게 풀려고 들었다. 같은 반 친구들이 아이를 밀쳐 의자에서 넘어져서 크게 다쳤는데도 과학 선생님이 아무런 조치도 취하지 않았고, 보건실에도 보내 주지 않았다며 교장에게 전화해 길길이 날뛰었다. 나는 그 이야기를 교장에게 전해 듣고는 2반 선생님에게 "제가 오중혁과 따로 이야기해 보겠습니다." 했지만 2반 선생님은 내게 본인이 알아서 처리할 테니 그럴 필요 없다고 했다. 나는 조금 어리둥절했지만, 담임이 먼저 설득을 시도해 보려는 건가 싶었다. 그런데 며칠 뒤에 오중혁의 아버지가 2반 선생님을 찾아와 이야기를 나누다 화가 나서는 고소하겠다고 윽박질렀다는 얘기가 돌았다. 2반 선생님은 본인이 알아서 처리하겠다고 나를 안심시키고는, 정말로 본인이 나서서 오중혁의 아버지에게 언성을 높이며 싸운 것이었다. 2반 선생님은 오중혁의 아버지에게 고소하시든 말든 알아서 하라고 소리를 질렀다고 했다. 그 싸움에서 나는 자연스럽게 쏙 빠지게 되었다. 2반 선생님은 당연하다는 듯이 나를 빼고 본인이 앞에 섰다. 나는 2반 선생님이 이기적인 사람인 게 아니라, 자신과 타인의 경계가 없는 사람이라는 것을 알게 되었다.

그렇게 한 학기 동안 5학년은 이런저런 잡음을 내며 평탄하게 굴러가고 있었다.

3반 선생님이 예비군 훈련으로 공가를 낸 날이었다. 6교시 수업에 내가 보결을 들어가게 되었을 때, 3반은 이미 난장판이 되어 있었다. 유리장이 깨져 유리 조각이 바닥에 널려 있었고, 뺨을 감싸 쥔 강동후의 손 사이로 피가 뚝뚝 흘렀다. 보건 선생님이 강동후를 데리고 내려갔고, 곧 응급차가 왔다. 아이들은 너무 놀랐는지 웅성거림조차 없었다. 5교시에 보결 수업을 들어왔던 2반 선생님은 새하얗게 질린 얼굴을 하고 있었다.

나중에 듣자 하니, 3반 교실에서 교실 체육을 하다 일어난 사고였다. 원래 그날 5교시는 체육이 아니라 사회 시간이었다. 3반 선생님은 보결을 들어올 선생님이 사회 진도를 나갈 수 있게 수업 자료까지 찾아 놓고 간 상태였다. 그런데 5교시 사회 시간에 보결을 들어온 2반 선생님이 돌연 체육 수업을 하겠다고 선언한 것이었다. 원래 체육 수업이 아니니 강당을 사용할 수 있는 시간이 아니었고, 자연스레 교실 체육을 하게 되었다. 문제는, 3반 교실이 일반 교실과 조금 달랐다는 데 있다.

학교 주변에 새로운 아파트 단지가 들어서면서 우리 학교의 학생 수는 올해 들어 갑작스럽게 늘어났는데, 이에 교실 수가 부족해져서 원래 과학 물품 보관실이었던 공간을 5학년 3반 교실로 바꾸었다(젊고 일 미루는 요령이 없는 3반 선생님이 안 좋은 교실을 떠맡았다). 그런데 원래 과학 물품을 보관하던 유리장이 교실 벽에 그대로 붙박이로 남아 있었던 것이다. 3반 선생님은 아이들이 쉬는 시간에 장난을 치다 유리장이 깨질 위험이 있으니, 보강해 달라고 요청했지만, 교장은 예산을 이유로 대기하라고 했다. 급한 대로 유리장에 강화 필름을 붙여 놓긴 했지만, 그게 방탄 필름은 아니었다. 칠판지우개가 날아오자, 유리장은 와장창 소리를 내며 깨졌다.

물론 2반 선생님이 위험하게 일부러 교실에서 칠판지우개를 머리 위로 던지며 체육 수업을 한 것은 아니었다. 지우개 피구는 칠판지우개를 발밑으로 미끄러뜨리면서 피하는 게임이다. 다만, 2반 선생님은 포도알 칭찬 스티커를 받는 2반 아이들에게 익숙했다는 문제가 있다. 2반 아이들은 칭찬 스티커를 받기 위해서 체육 수업이든 어떤 수업이든 열심히 참여하고, 이기기 위해 최선을 다할 것이었다. 그러나 3반 아이들에게 보상도 없고 평가에도 들어가지 않는 지우개 피구 게임은 굳이 열심히 참여하지 않아도 되는 활동이었다. 2반 선생님은 사회 수업 대신 지우개 피구를 하면 본인도 편하고, 아이들이 즐거워할 것이라고 예상했다. 아이들이 즐거워하기는 했다. 다만, 2반 선생님이 의도한 방향과 조금 달랐다. 처음에는 얌전히 게임을 하던 아이들이, 점차 강동후를 비롯한 몇몇 남자아이들을 필두로 장난을 치기 시작했다. 발밑으로 미끄러뜨려야 하는 지우개를 축구하듯이 차올리거나, 그걸 또 받아서 헤딩하거나, 던지기 시작했다. 2반 선생님이 주의를 줬지만, 단호하게 제지하는 3반 선생님만 보던 아이들이 느끼기에 2반 선생님의 주의는 가벼운 잔소리 정도에 불과했다. 본인들이 하고 있는 행동이 그저 사소한 장난일 뿐 크게 잘못된 행동이라는 느낌이 들지 않았다. 포도알 스티커를 인질로 아이들을 다루는 데에 익숙한 2반 선생님 역시 아이들이 곧바로 말을 듣지 않아 당황했다. 결국, 사고가 났다.

강동후의 뺨에는 흉터가 남을 확률이 높다고 했다. 흉터 치료를 받으려면 치료비도 꽤 많이 나올 것이라고 들었다.
무리하게 교실 체육을 진행하고 관리·감독이 미흡했던 2반 선생님, 교사의 지시를 따르지 않고 장난을 친 강동후와 아이들, 안전 장비를 제때 구비하지 않은 학교의 관리자.

누구의 잘못이 더 무거운지는 함부로 판단할 수 없지만, 적어도 동후의 어머니에게는 명확한 문제였다. 동후의 어머니는 2반 선생님을 지목했다. 동후의 어머니는 5학년 2반에 찾아가 아들의 얼굴에 흉터가 남게 되었다고 울며불며 소리를 지르고 따졌다. 수업 시간이었고, 아이들 앞이었다.

1년간 담임 교사를 힘들게 해서 명예퇴직을 고민하게 만드는 학생 혹은 학부모를 '명퇴 도우미'라고 부르곤 한다. 동후의 어머니는 2반 선생님을 고소했고, 치료비를 요구했다. 2반 선생님은 여름방학이 채 시작하기 전에 휴직했다가 결국 퇴직했다. 동후의 어머니는 졸지에 명퇴 도우미가 되었지만, 일각에서는 동후의 어머니가 이해된다는 선생님들도 있었다. 아들 얼굴에 흉이 남게 되었는데 그 마음이 어떻겠느냐고. 2반 아이들과 학부모들은 모두 2반 선생님 편을 들며, 장난을 친 아이의 잘못이라고 했다. 그럼에도 2반 선생님은 아이들에게 작별 인사조차 없이 학교를 떠났다.

그동안 2반 선생님과 끊임없이 마찰을 빚었던 오중혁의 아버지가 쓴 언어는 "나는 당신에게 법적으로 대응할 것입니다.", "나는 당신의 행동에 화가 났습니다.", "나는 당신에게 크게 항의할 것입니다.", "나는 당신을 곤란하게 만들 것입니다."였다. 그리고 2반 선생님이 작별 인사도 없이 떠나게 만든 강동후의 어머니가 사용한 언어는 "당신은 책임감이 없는 사람입니다.", "당신 때문에 나의 아이가 인생을 망쳤습니다.", "당신은 자격이 없는 교사입니다."였다.

나는 난데없이 5학년 2반의 담임이 되었다. 담임보다는 전담이 기간제 교사를 구하기 쉽다는 이유에서였다. 나에겐 날벼락이나 다름없었다. 나는 담임은 절대 못 한다며 손사래 쳤다. 누군가가 힘들 때 혼자서 울지 말고 관리자 앞에서 울라고 해서, 교감 선생님을 찾아가 전담이라 해서 업무도 많이 받았는데 담임은 정말 힘들다고 펑펑 울었다. 교감 선생님은 서른의 나이로 울며 떼쓰는 내 손을 꼭 붙잡고 미안하다며 나를 위로하면서도 5학년 2반 담임을 맡으라는 말을 철회하지는 않았다. 4시 반 퇴근인 것을 7시까지 버티며 눈물로 실랑이를 벌였지만 결국 내가 담임을 맡는다는 결론은 바뀌지 않았다.

새 학기가 시작하는 날, 나는 2반 교실에 들어가서 내가 새로이 담임이 되었음을 알렸다. 나를 반기는 아이들도 있었지만, 대부분은 조심스러워하는 분위기였다. 반 분위기는 어수선하기 그지없었고, 아이들보다도 내가 더 정신이 없었다. 이것저것 전달 사항을 알리고, 반에 적응하려 안간힘을 쓰느라 수업 진도는 거의 나가지도 못한 채로 일주일이 지나갔다. 방학 동안에는 새로 반을 꾸릴 준비를 하느라 내내 학기 중보다 더 바빴다. 반 분위기는 싸늘하게 얼어붙었는데, 그렇다고 산만하지 않은 건 아니어서 아이들 앞에서 떠드는 일이 묘하게 지쳤다. 나는 오랫동안 쓰지 않았던 일기를 다시 쓰기 시작했다.

예전에, 좋아하던 가수가 인터뷰에서 더 이상 가사를 쓰기가 힘들다는 이야기를 했다. 자신이 가사처럼 살지 못해 스스로 너무 위선적으로 느껴진다고 고백했다. 나는 그 이야기를 들으며 이 무슨 자기애 가득한 말인가 생각했다. 스스로가 주장하는 자신의 거울상에 한 치도 어긋나지 않게 살고 싶다니, 얼마나 순진한 환상인가 싶었다. 나는 인간에게는 거짓이 필요하다고 생각한다. 자기 자신을 가릴 거짓.

오늘은 종례가 끝났는데도 오중혁이 느릿느릿 꾸물거리고 있다. 원래 종 치자마자 인사도 제대로 안 하고 집에 가기 바쁜 녀석이.

뭐 해, 빨리 집에 안 가고.

저, 쌤…….

오중혁이 꾸물거리며 다가와서 뭔가를 가방에서 꺼낸다. 별짓도 안 하는데 벌써 짜증이 나는 걸 보면 내가 지금 예민하긴 한가 보다 싶은 생각이 든다. 무표정한 얼굴로 컴퓨터 화면을 바라보며 업무를 처리한다. 오중혁이 종이를 한 장 내밀길래 컴퓨터를 보고 앉은 채로 고개도 돌리지 않고 눈으로만 흘끗 쳐다본다. 포도가 그려진 종이에 포도알 스티커가, 빈칸을 딱 하나 남겨 두고 옹기종기 붙어 있다.

이거 이제 안 해요?

가끔 어떤 순간들에 아이들이 내가 생각하는 것보다 어리다는 느낌이 들 때가 있다. 교사를 싫어하고, 어른들에게 반감이 있고, 자신의 반항심을 보여 주고 싶어 안달 나 있는 오중혁. 겨우 포도알 스티커가 뭐라고 아쉬워하고 있을까.

……원래 하던 게 있으니까, 어떻게 할지는 선생님이 조금 생각해 보고 알려 줄게. 할 수 있으면 이어서 하자.

나는 이 순간 할 수 있는 최대한 부드러운 목소리를 내려고 노력한다. 오중혁은 고개를 끄덕이고 꾸벅 고개를 숙인다. 나는 오중혁이 뒷문을 닫고 나가는 소리를 들으며 고개를 젖히고 천천히 눈을 감는다. 오늘 일기에 쓸 내용을 생각한다.

오중혁의 아버지에게서 전화가 왔다. 선생님, 갑자기 저희 반의 담임이 되어 주셔서, 정신없으실 텐데 참 감사합니다. 잘 부탁드립니다. 나는 수화기를 내려놓으면서 생각했다. 사람의 외관이든, 반응이든, 자신을 꾸미는 방식이든, 무엇을 보든 상대를 정확히 아는 것은 참 어려운 일이라고. 상대는커녕 나 자신에 대해서 아는 것조차 너무 어려운 일이라고. 나는 나 자신이 그다지 좋은 교사라 생각하지 않지만, 어쩌면 나도 좋은 교사가 될 수 있을지도 모르겠다고.

작년에 비극적인 소식을 접하면서 그런 생각이 들었습니다. 과연 내가 어딘가에서 누군가에게 괴롭힘을 당해 죽고 싶어질 정도가 된다면, 가해자가 밉고 원망스럽다는 마음만으로 목숨을 끊을 수 있을까? 만약 내가 고통스러워서 혼자 조용한 곳에서 죽음을 택한다면 마지막으로 어떤 생각과 어떤 마음으로 죽음을 맞을까 생각해 보았습니다. 생각해 보니까 그런 순간이 온다면 가해자에 대한 생각이나 원망과 미움의 마음 같은 건 없을 것 같았습니다. 그보다는 나 자신이 너무 싫다, 스스로가 너무 한심하다, 이런 생각을 하게 될 것 같았습니다. 그렇게 생각하니까 참 마음이 아팠습니다. 누군가를 원망할 생각도 못 하고 죽음의 순간까지 스스로를 미워하게 된다는 게 끔찍하게 여겨졌습니다. 뉴스에 나온 바에 따르면 가해자는 “너는 자격이 없다.”, “너 같은 게 어떻게.” 같은 말을 했다고 합니다. 그 말을 순수하게 그대로 받아들이고 자괴감 속에서 외로움을 느꼈을, 느끼고 있을, 느끼게 될 수많은 사람들이 안타깝게 생각됩니다.

저 스스로는 자신이 사회 문제에 풍부한 감수성을 지닌 사람이라고 생각하지 않습니다. 어쩌다 보니 시의적인 소설을 쓰게 된 것 같습니다. 개인적인 생각이나 감상에 빠지는 편인데 어쩌다 더 많은 사람들이 공감할 수 있는 글을 쓰게 된 것은 운이 따랐다고 느낍니다. 저보다 많이 노력하셨지만 운이 따르지 않은 분들께 죄송하지 않으려면 다음에 쓸 글은 이번의 운이 실력이 되어야 할 것 같습니다. 잘하겠다는 말은 함부로 못 해서 열심히 하겠다고만 말씀드리겠습니다. 열심히 했지만 잘 못하면 그냥 죄송하도록 하겠습니다.

모두가 자기 자신에 대한 거울상을 하나씩 가지고 있을 거라고 생각합니다. 거울상은 흐릿한 잔상이어서 우리가 결코 우리 자신의 모습을 뚜렷이 알 수는 없게 합니다. 그래도 제가 사랑하는 사람들은 아름다운 잔상 속에서 살았으면 좋겠습니다. 당신이 얼마나 고맙고 대단한 존재인지, 알면서 살아갔으면 좋겠습니다. 내가 길을 잃고 그 무엇도 내 길잡이가 되어 주지 못했을 때 유일하게 나의 소설 스승이 되어 준 재윤아, 용아 고마워. 우리 계속 함께 글을 쓰자.

이돌별

2019년 경인교육대학교 졸업. 대학 졸업이 내 이력의 끝이라는 사실을 한탄하며, 더 많은 사람의 마음에 닿는 글을 쓰게 되기를 바라는 중.

가작

고하나

우주 순례

1.

놀이터엔 철봉이 세 개 있었다. 우리는 그 철봉들을 높이에 따라 각각 '도', '레', '미'라 불렀다. 나란히 이어진 철봉 도, 레, 미에는 초록색 페인트가 칠해져 있었는데, 몇 번 벗겨졌던 모양인지 덧칠한 자국이 울퉁불퉁했다. 멀리서 보면 티 나지 않았지만 날마다 철봉에 매달리던 나와 친구들은 매끄럽지 못한 페인트칠을 눈치챘다. 특히 마지막 붓질이 닿았을 철봉 기둥 꼭짓점에 고르게 펴지지 못하고 굳어 버린 페인트 방울들이 많았다. 우리는 종종 그 부분을 손톱으로 긁어 냈다. 손톱 끝에 힘을 주고 반복해서 긁으면 초록색이 벗겨지고 녹슨 쇠가 모습을 드러냈다. 초록색 껍데기 아래엔 아무리 덧칠해도 숨길 수 없는 시간의 흔적이 있었다. 쇠 표면은 거칠었고, 곰팡이가 핀 것처럼 축축했다. 철봉 쇠의 윤기를 걷어 간 건 시간뿐만은 아니었다. 페인트를 긁어 내는 행위와 그에 대응하는 덧칠의 반복 역시 쇠를 녹슬게 했다.

나는 우리 중 키가 제일 컸고, '레'까지는 쉽게 올라갔다. '도'에는 팔을 쭉 뻗으면 바로 손이 닿았는데 '레'에 매달리려면 점프를 하거나 '도'와 '레'가 연결된 기둥에 다리를 걸고 올라서야 했다. '레'와 '미'가 연결된 지점에 다리를 걸면 '미'까지도 올라갈 수 있었다. 하지만 '미'에 매달렸다가 뛰어내리는 높이가 무서워, 나도 친구들도 잘 오르지 않았다. 철봉에 양쪽 다리를 꼬아 누운 자세로 매달릴 때도 있었다. 우리는 쇠기둥 몇 개를 이어 붙인 것들을 원래의 용도와 관계없이 다양하게 해석하고 놀았다.

기구들의 정확한 용도는 물론, 시설 설치 담당자들이 거쳤을 행정 절차나 설치에 드는 수고도 알지 못했다. 놀이기구들은 그저 원래부터 그 자리에 있었고 우리는 재미있게 놀면 그만이었다. 놀이 질서는 그날그날 달랐으며, 그 질서는 우리가 내키는 대로 만들었다.

'레'에 오래 매달리는 날이면 손바닥 윗부분이 빨개지고 시큼한 쇠 냄새가 뱄다. 내가 '레'에 매달리는 일에 흥미를 잃었을 때도 친구들은 철봉 놀이를 즐겼다. 그러면 나는 '도'의 기둥에 기대서서 발로 모래 바닥을 파내거나 페인트가 마른 곳을 만지며 혼자 놀았다. 벗겨진 테두리를 따라 손톱으로 한 부분만 긁어 내면, 나머지는 삶은 계란 까듯 쉽게 벗겨졌다. 어느 날은 새끼손톱만 한 페인트 방울을 긁어 냈는데, 안이 미처 굳어 있지 않아 젤리처럼 말랑했다. 손톱 아래에 페인트 덩어리가 뭉쳤다. 바닥에 떨어진 페인트 조각들은 모래 알갱이에 섞였다.

좀비가 처음 나타난 그날도 우리는 철봉에서 놀고 있었다. 나는 모래밭 테두리를 따라 듬성듬성 놓인 반쪽짜리 폐타이어에 앉아 있었다. 친구들은 번갈아 '레'에 도전 중이었다. 그네를 타려고 했지만, 동네에선 처음 보는 아이들이 먼저 놀고 있었다. 나와 친구들은 도레미 철봉만큼이나 '일어선 채로 그네에서 뛰어내리는 놀이'를 즐겼다. 우리는 그네를 일어서서 탔기 때문에, 바닥에 발을 디뎌 멈추는 대신 그네가 앞으로 향할 때 그대로 뛰어내리곤 했다. 좀비를 가장 먼저 발견한 건, 그네를 앉아서 타는 낯선 아이들이 시시하다고 생각하던 나였다. 그 아이들이 어른들과 함께 사라졌을 때, 그네가 있는 곳에 좀비가 나타났다. 나는 다급히 친구들을 불렀다. 야, 저것 좀 봐. 저게 뭐지. 좀비잖아. 만화에 나오는. 영화에 나오는. 뭐야, 진짜 좀비잖아. 우리는 놀랐다. 좀비는 멀리서 보기에도 기괴했다. 너덜거리는 민소매 차림에, 온몸의 피부가 연두색이었다. 좀비가 고장 난 시소처럼 절뚝거리며 다가올 때까지도, 우리는 붙박인 철봉처럼 우뚝 서 있었다. 가까이서 보니 연두색 피부라고 생각했던 것의 표면엔 철봉에서 벗겨 낸 페인트 껍질 같은 초록색 딱지가 내려앉아 있었다. 그건 살아 있는 나뭇잎과는 다른, 낡고 썩은 것들의 초록색이었다. 코딱지나 곰팡이처럼, 생기를 잃어 꺼려지는 초록색. 좀비는 눈꺼풀이 없는 건지 눈을 깜박거리지도 않았는데, 좀비의 초록색 눈동자가 나조차 모르고 있는 나의 비밀까지 꿰뚫을 듯하여 소름이 끼쳤다. 가까이 다가온 좀비의 몸에서는 철봉 페인트 아래 숨겨져 있던 젖은 쇠 냄새가 났다. 좀비가 손을 뻗었을 때 우리는 도, 레, 미보다 높은 음계의 비명을 질렀고, 놀이터를 뛰쳐나왔다. 내가 사는 곳이 놀이터에서 가장 가까웠기 때문에 친구들은 나를 쫓아왔다. 우리는 큰 개가 사납게 짖는 파란색 대문집을 지났다. 평소엔 개 짖는 소리가 두려워 살금살금 걷던 길이었다. 비린내가 심해 항상 코를 막고 지나치던 낚시용품점 앞도 코 막을 새 없이 달렸다. 썩은 고기 냄새, 물고기 밥 냄새가 가쁜 호흡을 뚫고 폐부를 찔렀다. 수족관 앞 바닥에 고여 있던 물웅덩이를 밟아 신발이

젖어도 쉬지 않고 달렸다. 심장이 쿵쿵 뛰었고 호흡이 벅찼다. 뒤돌아보니 좀비는 없었지만, 우리는 집에 도착할 때까지 가쁜 숨을 쉬며 달렸다.

대문은 활짝 열려 있었다. 자갈 깔린 마당이 소란스러웠다. 조끼를 입은 아저씨들이 문짝을 나르고 있었고 집 안쪽에선 드릴 소리가 울렸다. 어른들이 보이자 안도감이 밀려왔다. 우리는 항상 뛰어다녔기 때문에 아무도 우리를 신경 쓰지 않았다. 다만 엄마는 나의 젖은 신발을 보며 꾸중했다. 엄마, 좀비가 있었어요. 아줌마, 좀비가 있었어요. 진짜로 좀비가 있었어요. 우리는 한 사람의 말을 돌림노래처럼 반복했다. 하지만 어른들은 바빴고 우리는 어른들에게 설명하기를 관뒀다. 철봉 냄새가 밴 손을 비누로 박박 씻고 나오니 엄마가 간식을 줬다. 우리는 안방에 들어가 좀비 대책 계획을 세웠다. 대책 계획이라고 해 봤자 터무니없는 것들뿐이었다. 동네에서 보지 못했던 아이들이 놀이터에 왔을 때 경계해 본 적은 있었지만, 좀비는 처음이었다. 어른들 없이 우리끼리 해결해야 한다는 점이 만화에서 보던 모험처럼 느껴졌다. 우리는 금세 두려움을 지웠다. 새로운 장난감을 찾은 것처럼 좀비 이야기에 몰두했다.

—근데 이 공사장 소리는 뭐야?

—아, 이거? 내 방.

우리 집은 2층짜리 주택이었다. 원래 1층엔 할아버지와 할머니가, 2층엔 엄마 아빠와 내가 살았다. 하지만 할머니가 돌아가시고 나서부터 할아버지와 함께 1층에 살기 시작했고,

2층에는 세를 줬다. 2층에 살 땐 나도 내 방이 있었으나 1층에는 할아버지가 쓰는 작은방과 엄마 아빠가 쓰는 큰방뿐이었다. 그러니까 공사장 소리는, 내 방을 만드는 소리였다. 인테리어 시공업체를 개업한 외삼촌이 1층 거실 한편에 미닫이문을 달아 준 것이다. 그 문은 스테인리스 골격에 반투명 유리가 달린 문이었다. 친구들과 헤어질 때쯤, 거실은 내 방이 되어 있었다. 유리 미닫이문은 놀이터 철봉과 달리 입힌 색도 없이 투박했지만 그래도 괜찮았다. 엄마는 임시로만 쓸 거니까 이게 낫다고 했다. 미닫이문을 열 때마다 레일 위로 문이 드르륵 굴러가는 소리, 잠금쇠가 부딪히며 '탁' 하는 소리가 났다. 나는 그 열고 닫음을 알리는 소리가 듣고 싶어 여러 번 문을 움직였다.

다시 갖게 된 방에 잠자리를 폈다. 어젯밤까지만 해도 거실이었던, 지금은 내 방이 된 오른 벽면의 창가로 가로등의 주황빛이 그대로 비쳤다. 커튼을 달아야겠네. 엄마는 방 안의 이것저것을 살폈다. 엄마, 오늘 좀비를 봤어요. 우리는 달렸어요. 세 명 다 엄청 뛰었어요. 내가 얇은 이불을 끌어 올리며 말했다. 엄마는 찻길에선 절대 뛰지 말라고 했다. 문득 우리가 좀비를 잘못 본 건 아닐까 하는 생각이 들었다. 엄마 옆에 누워 이야기를 나눌수록 좀비를 본 게 꿈인지 현실인지 모호해졌다. 심지어 오늘 일이 맞는지 헷갈리기도 했다. 철봉에서 놀고 좀비를 피해 힘껏 달리던 게 마치 어제의 일, 혹은 그보다 오래전 일처럼 느껴졌다. 어쩌면 내 세상에서 벌어지는 다른 것들을 모호한 상태 그대로 받아들이던 것처럼, 좀비도 그렇게 받아들였던 것 같다. 어렸던 나에게 내 주위에서 벌어지는 일들은 반투명 유리 창문에 비친 바깥 풍경만큼이나 흐릿했으니까. 문을 설치하던 요란한 소리는 확실히 들었지만 미닫이문을 달아 준 진짜 이유는 몰랐던 것처럼. 내 방이 생긴 대신 함께 나눠 쓰는 공간 없이 통로가 되어 버린 거실과 그게 우리 가족에게 미친 화학적 영향을, 그것들의 의미는 미처 알지 못했다. 엄마 아빠가 비디오 가게를 운영해도 상가 주인은 따로 있다는 사실을 몰랐던 것처럼, 내가 미닫이문을 열고 닫는 소리가 온 집 안에 울리며 누구에게 어떻게 수신되고 있는지 몰랐던 것처럼. 명절에 어른들이 모여 '아버지를 모시는 쪽이 상가도 물려받아야지.' 같은 말을 하고, 그 말이 나올 때마다 친척들 사이에 흐르던 긴장감은 감지했으나 그게 내 방의 미닫이문과 관련이 있다는 것은 미처 몰랐던 것처럼. 좀비에 대해서도 정확히 헤아릴 수 없었다. 당시의 내가 확실히 알고 있던 것들은 '레'에 매달릴 때 손바닥이 쓸리던 것, 매끄럽지 않은 놀이기구들의 표면, 손톱 끝에 미세하게 남은 페인트 가루, 그리고 오래된 쇠 냄새뿐이었다.

2.

쇠 냄새를 맡아 본 지가 언제였더라. 이제 오래된 쇠 냄새를 뒤덮고 있는 것들은 너무나 많았다. 가공된 것들 아래의 구성 성분들을 쉽게 접할 수가 없다. 이 순간 나와 가장 가까이 있는 쇠는 테이블 다리였는데, 만져 보니 끈적거렸고 오래된 우유 냄새가 났다. 차가운 물티슈로 손을 닦자 손바닥에서 지칭할 단어가 없는 종류의 냄새가 났다. 나는 몸을 움츠렸다. 바스토우 간이식당의 아침 공기는 싸늘했다. 음식을 튀기는 기름 냄새와 메이플 시럽의 단 냄새가 빠져나가도록 종업원이 출입문을 활짝 열어 둔 탓이었다. 나는 미국 사막 부근에서 흔히 찾을 수 있는 어느 휴게소 식당 안, 유리창과 면한 빨간색 부스 소파에 앉아 있었다. 창밖으로 짙은 상아색 자갈들과 해가 완전히 뜨기 전까진 그림자의 형체에 불과한 이름 모를 산들이 보였다. 아침 일찍 식당을 찾은 손님 대부분은 등산복 차림의 여행객들이었는데, 그들은 노트북 화면을 노려보는 나를 한 번씩 흘끔거렸다. 나는 여행객들의 시선을 최대한 신경 쓰지 않는 척하면서, 좀비를 넣은 나의 이야기를 생각 중이었다.

그 이야기에 원래 좀비는 없었다. 대신 그 이야기에는 가족의 사랑과 유년 시절, 중학생 때 존경했던 위인과 인상 깊게 읽은 책, 스스로 채찍질하며 공부했던 고등학생 시절, 학부 전공을 선택한 이유, 첫 직장에 들어가고 퇴사하고 다른 곳에 다시 입사하는 과정, 최근 담당했던 업무가 연대기 순으로 서술되어 있었다. 좀비가 들어가기 전의 그 이야기는 나의 생애를 인과관계로 조직하여 재배치한 바에 가까웠다. 나의 생애는 직선으로 고르게 이어진 복도를 지나다가 몇 군데의 계단을 넘어 '지금의 나'로 안착한 것처럼 말끔히 정리되어 있었다. 그 이야기에 따르면 '지금의 나'는 지난날의 선택과 시간이 차곡차곡 퇴적된 결과물이었다. 퇴적의 논리는 사후적 서술이었으므로, 거쳐 온 모든 것들에 의미를 부여하는 건 서술자이자 현재를 사는 나의 몫이었다. 좀비는 불현듯 그 이야기에 나타나 퇴적의 질서를 휘저었다. 철봉 페인트를 벗기는 나와 좀비에 쫓기는 나는 '지금의 나'로 퇴적되지 않고 불순물처럼 튀었다. 매끈하게 펴지지 못하고 그대로 굳어 버린 페인트 방울처럼, 이야기가 울퉁불퉁해졌다. 그 이야기에 좀비를 등장시킨 건 이번 여행 중 결정한 일이었다.

—자서전 작업 중이세요?

맞은편에 율 피디가 앉았다. 짜고 눅눅한 공기에 청포도 향이 번졌다. 그건 율 피디가 쓰는 핸드크림 향이었는데, 가공된 향이지만 생기를 더해 주는 기분 좋은 향이었다. 그녀가 입는 초록색 아노락 점퍼와도 잘 어울렸다.

—응. 다시 쓰고 싶은 부분이 있어서.

내가 '내 인생에 모든 정답이 있다-자서전 특강 8주 완성반'을 수강하고 있는 건 친구들뿐만 아니라 가족도 모르는 일이었다. 하지만 함께 여행 중인 율 피디는 내가 나의 이야기를 쓰고 있다는 걸 알았다. 온종일 붙어 있어 노트북으로 뭔가 한다는 사실을 숨기기 어려웠을 뿐만 아니라, 내가 뜬금없이 털어놨기 때문이었다. 뭐 얼마나 대단하게 살았다고 '자서전씩이나' 쓰는지 자기애 넘치는 사람으로 보일까 조마조마했으나, 율 피디의 반응은 김빠진 콜라처럼 담담했다. 불과 한 달 전에 알게 된 사이였고, 나에 대해 쌓아 둔 관념이 없었기에 있는 그대로 받아들였을 수도 있다. 혹은 아무 사이가 아니므로 자서전 쓰는 이유를 파악할 필요성조차 못 느꼈을 것이다. 나는 자서전을 쓰는 게 내 인생에 그렇게 대단한 이야깃거리가 있어서가 아님을 설명할 준비가 되어 있었지만, 율 피디의 반응은 그런 준비를 무색하게 했다. 자서전을 쓴다는 내 말에 율 피디는 그저 '그렇군요.' 했을 뿐이었다. 다만 율 피디는 내가 여행 틈틈이 노트북을 열거나 공상에 빠져도 가만히 두는 식으로 나를 배려했다.

—전 신경 쓰지 말고 언니 하던 거 해요.

율 피디는 종업원을 불러 팬케이크 세트를 주문한 뒤 책을 폈다. 처음 보는 제목의 영어 원서였는데, 읽고 싶어서 펼쳤다기보다는 나의 부담을 덜어 주려는 행동 같았다. 율 피디의 배려가 느껴질 때마다 율 피디와 함께하길 잘했다는 생각이 들었다. 율 피디는 인터넷에서 찾은 동행이었다. 프리랜서로 일하는 촬영 코디네이터. 나보다 한 살 어리고, 미국 여행 카페 닉네임이 '율 피디'인 여자. 이게 내가 아는 전부였다. 이름으로 불러도 되고, 율 피디라 불러도 괜찮아요. 다들 그렇게 불러요. 나는 기꺼이 '다들' 중 하나가 되었다. 율 피디의 지인들은 율 피디를 '율 피디'라 부르는 저마다의 맥락을 가지고 있겠지만 얼마 전까지 서로 존재조차 몰랐던 내게 '율 피디'라는 단어는 그저 식별 기호에 불과했다. 저는 언니라고 불러도 되죠? 그리고 나는 율 피디의 '언니'가 되었다. 뭐 하는 사람인지 정확히는 모르지만, 아무튼 자서전을 쓰고 있는 언니. 이게 율 피디가 나에 대해 아는 전부일 것이다. 우리는 본인이 직접 설명하는 말이 아니면 각자 삶의 기저에 흘러가는 그 어떤 것도 알 수 없는 사이였다. 그건 우리 사이의 질서였고, 우리의 마음을 더 편하게 했다.

나는 노트북 화면을 응시했다. 자서전 특강은 각 주차에 해당하는 강의를 듣고 인터넷 카페에 과제를 제출하면 강사가 피드백을 주는 방식으로 진행됐다. 강의는 '왜 자서전을 쓰는가'와 '자서전을 쓰면 좋은 점'으로 시작해서 각자의 유년기, 청년기, 중장년기, 노년기 시절의 핵심을 짚어 내는 순서로 진행됐는데, 수강생의 대부분은 40대 이상이었다. 다들 자신의 인생에 대해 어찌나 할 말이 많은지 처음엔 수강생들이 품고 있던 이야기에 압도당해 버렸다. 내가 겪은 일들이 '도'에 매달렸다가 가볍게 툭 떨어지는 느낌이라면, 수강생들의 이야기는 '미'보다 높은 철봉에서 떨어지고 그보다 높은 철봉에 다시 도전하는 듯 낙차가 컸다. 나는 여행을 핑계로 4주 차부터 강의에 참석하지 않았지만, 글은 꾸준히 제출했다. 수업은 어느덧 6주 차였고, 진도에 따르면 완성한 글을 퇴고할 차례였다. 그런데 뜬금없이 유년기 부분을 새로 썼으니—게다가 좀비를 등장시켰으니—강사는 당황했을 것이다. '유년기의 비중은 줄이고 핵심 사건 위주로. 느낀 점과 경험을 진솔하게.' 이런 요지의 피드백 댓글이 달린 건 어쩌면 당연한 수순이었다.

율 피디가 갓 나온 팬케이크 한 조각을 내 그릇에 덜어 주었다. 먹으라는 등의 말을 덧붙이진 않았다. 그저 보고 있던

책에 집중했다. 군더더기가 없는 사람. 문득 율 피디에게 내가 쓴 걸 보여 주고 싶은 충동이 들었다. 화가들도 눈앞에 보이는 그대로만 그림을 그리는 게 아니지 않느냐며 자서전 특강 강사의 편협함을 험담하고 싶었다. 그리고 무엇보다 내 이야기를, 그중에서도 내가 주목하고 싶은 내 이야기를 들려주고 싶었다.

—삐삐는?

공유하고 싶은 충동을 간신히 억누르고 딴소리를 했다. 삐삐는 준비를 마치려면 한참 더 걸릴 것이고 나도 그걸 알지만, 뭐라도 말을 꺼내지 않으면 율 피디에게 자서전 이야기를 해 버릴 것 같아서였다. 율 피디, 나보고 진솔하게 쓰라네. 이게 진솔한 건데. 근데 경험을 솔직하게 적는 게 가능하긴 하니. 인생에서 벌어졌던 모든 일이 지금의 나로 귀결되는 것이 오히려 픽션 아닐까. 하지만 이 말들은 목구멍 안으로 밀어 넣어야만 했다. 필연적인 질문이 따르기 때문이었다. 그러면 언니는 자서전을 왜 쓰세요. 왜 하필 유년기를 다시 쓰세요. 이렇게 되묻는 율 피디의 목소리를, 혹은 의문을 품은 눈동자를 상상했다. 나는 그 어떤 것에도 명확한 답을 할 수 없을 것이다. 자서전 이야기를 꺼내면 스스로가 길을 잃어 말문이 막힐 것 같았다.

—삐삐는 준비하려면 30분은 더 걸릴 거예요.

—삐삐답네.

—삐삐답죠.

삐삐는 우리 중 가장 어렸고 율 피디와는 여행 전부터

아는 사이였다. 삐삐는 그녀의 별명이자 영어 이름이었는데, 그녀의 소셜 미디어 계정과 인터넷 카페 닉네임도 전부 삐삐였다. 율 피디는 삐삐를 이미 삐삐라고 부르고 있었다. 대학 입학하면서 제가 지었어요! 삐삐는 자기가 불리고 싶은 이름을 선뜻 얘기할 줄 알았다. 나도 삐삐를 삐삐라고 불렀다.

—언니들 안녕하세요!

삐삐는 약속 시각에 딱 맞춰서 나타났다. 땋아 올린 초록색 염색 머리를 노란색 핀으로 고정했고, 은색 항공 점퍼를 입고 있었다. 그녀의 핸드폰 케이스 뒷면엔 'PIPPI'라는 알파벳 스티커가 붙어 있었다. 자기가 어떤 모습으로 보이고 싶은지 확고하게 안다는 점에서 삐삐가 부러웠다. 삐삐의 옷차림, 머리 묶은 모양, 심지어 자그마한 체리 모양의 열쇠고리마저 그녀의 정체성을 설명하고 있었다. 느낌표로 방점을 찍는 그녀 특유의 활발한 말투도 삐삐라는 이름과 어울렸다. 내용물을 충실히 담고 있는 이름. 이름만 들어도 '말괄량이'라는 내용물을 쉽게 떠올릴 수 있을 정도로, 특정 심상이 정박해 버린 '삐삐'라는 단어. 그리고 그 단어를 가진 삐삐.

3.

우리 셋은 여행을 시작하기 전 딱 한 번 만났다. 메신저로만 주고받던 여행 계획을 최종 검토하고 친밀감을 쌓기 위한 만남이었다. 그때 어째서 이 자동차 여행을 결심하게 됐는지 의례적인 대화를 나눴는데, 이 질문에 바로 대답한 건 삐삐뿐이었다.

—너무 안전하게만 사는 것 같아서요.

삐삐의 말 너머로 '모험적인 삶'에 대한 동경이 엿보였다. 삐삐는 젊을 때 하나라도 더 도전해야 한다는 말을 덧붙였다. 일종의 강박감이 느껴졌다. 삐삐의 말을 들으며 내가 자서전 원고에 쓴 '청년기' 부분을 떠올렸다. 자서전 특강 과제를 제출할 때 가장 수월했던 부분은 '청년기'였는데, 취업용 자기소개서를 거의 그대로 옮겨 적었기 때문이었다. 거기엔 내가 선택해 온 것들과 살아온 시간이 '유용한 결과물'로 치환되어 있었다. 오랜 동아리 경험은 '원만한 커뮤니케이션 능력'으로, 취미로 했던 운동은 '지구력'이라는 역량으로 도출됐다. 인과관계라는 철사를 꿰어 완성한 도형은 취업 전선을 뚫을 정도로 단단했다. 공부하고 진학하고 여행하고 어딘가에 소속되는 과정을 그와 다르게 이야기하는 방법은 몰랐다. 삐삐도 이번 여행을 '도전 정신을 깨우쳤고 귀사에 기여할 수 있습니다. 넓은 시야가 트였고 글로벌 인재가 될 준비가 되었습니다.' 이런 언어로 표현하게 될지 상상해 봤지만 이내 고개를 저었다. 삐삐의 입에서 나온 '안전하게만 사는 것 같다.'라는 말은 스펙 쌓기를 도모하는 차원이 아닌 것 같았다. 그보다는, 얼음 땡 놀이를 하면서도 잡히면 큰일 날 것처럼 미친 듯이 달리던 감각, 그런 안간힘의 감각을 동경하는 것에 가깝다고 생각했다. 잡히면 술래가 될 뿐인데도 죽을 듯이 뛰던 느낌. 오히려 지금은 달리지 않으면 진짜 죽을 수도 있는데, 도저히 안간힘이 나지 않는 불안함.

나는 삐삐가 '있는 힘껏' 쥐어짜 낼 수 있는 상황에 자신을 놓고 싶었던 것은 아닐까 하고 멋대로 결론지었다. 삐삐에게 나의 그림자를 드리우고 있었던 것이다. 하지만 이어진 율 피디의 대답은 삐삐의 대답보다 더 인상적이었고, 나는 삐삐에게 씌웠던 나의 그림자를 재빨리 지웠다.

—거기 가면 우주에 가 본 기분이라고 해서요.

우주에 가 본 기분. 나는 이 말을 듣고도 율 피디를 감상적인 사람이라고 생각하진 않았다. 다만 율 피디가 가고 싶은 우주가 어떤 우주인지는 궁금했다.

—제가 자서전을 쓰고 있어요.

이게 내 대답이었다. 그 대화를 끝으로 우리는 자리를 파했고, 나는 율 피디와 삐삐의 '언니'가 되었다.

점선에 자를 대고 그은 선처럼 굴곡 없는 사막의 풍경이 이어졌다. 발목 정도 높이의 키 작은 덤불, 새벽녘의 잿빛과 일출의 주황빛이 뒤섞인 구름, 머리 위로 뻗어 있는 기다란 전깃줄들, 듬성듬성 나타나는 송전탑까지. 평평하게 잘 닦인 도로에는 노란 페인트로 중앙선이 그려져 있었다. 가끔 사막 도로를 배경으로 중앙선 위에서 사진을 찍는 사람들이 보였는데, 우리도 차를 세우고 몇 장 찍었다. 도로 양옆으로는 시야를 가로막는 것 없이 연한 황토색 사막과 수분기가 없어 빛바랜 풀들이 점묘화처럼 펼쳐졌다. 지평선 끝까지 산인지 사막인지 능선이 보이는데, 닿으려면 온종일 달려야 할 정도로 까마득했다. 이따금 반대편 차선에 시내로 향하는 대형 트럭이 스쳐 지나갔고, 창밖으로 고개를 내밀면 주행 속도만큼 강한 바람이 얼굴을 때렸다. 해가 오르기 시작하면서 땅 위의 채도가 서서히 높아졌다.

—바스토우, 안녕!

삐삐가 핸드폰 가까이에서 외쳤다. 삐삐는 '브이로그'라는 것을 했다. 여행 틈틈이 짤막하게 찍은 영상을 나열해 붙이는 형태로, 요즘 유행하는 기록물이라고 했다. 삐삐는 창밖으로 빠르게 흩어지는 풍경을, 때로는 음식을, 우리가 머무르는 숙소를 찍었다. 삐삐는 그것들을 가로로도 찍고 세로로도 찍었다. 가로는 유튜브용, 세로는 소셜 미디어 업로드용이라고 했다. 요샌 템플릿도 중요해요. 올리는 형식이요. 어떤 플랫폼인지에 따라서 다 달라요. 각각 맞춤형이 있어요. 삐삐의 초록색 염색 머리가 열린 창문 사이로 흩어졌다. 삐삐는 영상 기록의 견지에서 풍경을 보고 있을 터였다. 나는 어디선가 봤던 사진 속에 들어와 있는 것 같다고 느꼈다. 철저히 시각에 의한 실감이었다. 사진과 다른 점이 있다면 질감으로 느껴지는 바람과, 움직임이 닿은 자리마다 미세하게 일렁이는 모래 먼지였다. 삐삐는 창문을 올렸다 내렸다 반복했고, 율 피디는 청포도 향 핸드크림 바른 손으로 운전대를 쥐고 있었다. 율 피디는 가로세로 화면이 아닌 어떤 틀로 이 풍경을 보고 있을지 궁금했다. 끝없는 도로를 인생 여정의 상징물처럼 보고 있을 수도 있다. 혹은 풍경의 구성 요소 중 율 피디에게 특별한 은유 혹은 교훈으로 되비쳐 오는 것들이 있을지도 모른다. 그러다 율 피디가 얘기했던 '우주'를 떠올렸다. 우주를 보고 싶어 했는데, 원하던 우주를 찾았을까.

—여긴 구름 심을 필요도 없겠어요.

율 피디가 불현듯 말을 꺼냈다. 시선은 여전히 전면에 고정한 채였다.

—응? 구름을 심어?

율 피디의 말이 잘 들리지 않아 차창을 닫았다. 율 피디가 아까보다 큰 목소리로 말했다.

—구름 심을 필요도 없이 풍경이 참 예뻐서요. 아는 사람 중에 오 감독이라고 있는데, 촬영 때마다 그러거든요. '야 됐어. 그건 후반에서 심으면 돼, 일단 넘어가!' 그렇게 오 감독은 빈 하늘에 달도 심고 구름도 심고 뭐든 심어요. 그래서 후반 작업하는 친구가 맨날 욕해요. 무책임하게 촬영한다고. 근데 여긴 뭘 심지 않아도 충분해서요.

율 피디의 말처럼 눈앞의 풍경은 이외의 보완물이 딱히 떠오르지 않을 만큼 훌륭했다.

—지우면 돼, 지우면 돼. 이것도 자주 하잖아요.

뒷좌석에서 영상을 찍던 삐삐가 거들었다. 야 일단 찍어, 이따 지우면 돼. 율 피디와 삐삐는 오 감독이라는 사람 흉내를 내며 한참 웃었다. 오 감독이 작업하면 저 산 옆에는 구름 두 개, 저 송전탑은 지워 버리고 하늘은 좀 더 파랗게. 아니면 완전히 분홍색으로. 나는 두 사람의 말을 들으며 분홍빛 하늘과 일몰이 드리운 산맥을 상상했다. 그리고 보랏빛에 가까운, 테두리가 희미한 구름도 상상 속에 끼워 넣었다.

풍경에 다른 요소를 덧칠하니 더욱 근사하게 느껴졌다.

우리는 휴게소가 보일 때마다 차를 세웠고, 그때마다 율 피디와 내가 운전대를 교대했다. 화장실에 들르거나 간식거리를 사기도 했다. 커피를 마시며 기념품 상점 주차장에 한참 앉아 있기도 하고, 차가 한 대도 없는 도로 위에서 중앙선을 밟으며 사진을 찍기도 했다. 그런 사진을, 주유소에 들를 때마다 찍었다. 한참을 더 달리다 중간에 길을 잘못 들었는데, 해가 저물고 있었다. 하늘엔 빨갛고 노란빛이 보여 주는 시간의 흐름이 선명했다. 율 피디에게 다시 운전석을 맡기고 잠들었다 깨어나니 새까만 밤하늘에 별이 촘촘히 심겨 있었다. 길 위엔 우리가 탄 차의 전조등 외에 인공적인 빛은 거의 보이지 않았는데, 마치 미지의 행성 한복판에 서 있는 것 같았다. 유독 가시거리가 좋은 날이었고, 밤하늘이 금방이라도 부딪힐 듯 깊고 가깝게 느껴졌다. 나는 율 피디의 표정을 살폈다. 율 피디가 말한 '우주에 가 본 기분'이 지금일 거라고 생각했다. 삐삐는 야간 모드 촬영으로도 사막의 밤하늘이 다 담기지 않는다며 아쉬워했다.

바로 다음에 발견한 주유소 옆에 이름을 들어 본 적 있는 모텔 체인점이 있었다. 적어도 침대보에서 쉰내가 날 일은 없겠다는 생각에 안도했다. 우리는 침대 두 개가 있는 방 하나를 얻었다. 율 피디는 욕실로 들어갔고, 삐삐는 침대에 엎드려 핸드폰으로 촬영한 사진들을 정리했다. 나는 화장대를 겸한 책상에 앉았다. 먼지 쌓인 모텔 메모지를 치우고 그 자리에 노트북을 올렸다.

4.

좀비는 다시 나타났다. 미끄럼틀에서 놀고 있을 때였다. 미끄럼틀을 거꾸로 올라가는 건 내가 제일 못했고, 나는 혼자일 때만 미끄럼틀 거꾸로 올라가는 연습을 했다. 하강하며 즐거움을 주는 미끄럼틀의 성질을 거스르고 무릎에 힘주어 상승할 때마다 쾌감을 느꼈다. 그네를 서서 타거나 철봉에 다리로 매달리는 것과 마찬가지였다. 놀이터의 오래된 미끄럼틀은 아이들을 태운 만큼 바닥이 닳았다. 미끄럼틀을 타고 내려가면 바닥에 쿵 부딪히는 소리와 함께 고여 있던 모래 알갱이가 튀었다. 가끔은 모래에 발목이 긁혔고 집으로 돌아가면 모래 먼지 머금은 살냄새가 났다. 나는 미끄럼틀을 걸어 오르고 다시 타고 내려오길 반복했다. 신발에 들어온 모래 알갱이를 털려고 그네에 앉았을 때, 좀비와 눈이 마주쳤다.

좀비는 미끄럼틀과 조금 떨어진 호박 마차에 앉아 있었다. 호박 마차는 마주 앉아서 탈 수 있는 둥근 모양의 그네였는데, 세 명이서 나눠 앉으면 한 명만 앉은 곳이 높이 올라갔다. 좀비는 호박 마차를 탈 줄 모르는지 그저 앉아만 있었다. 호박 마차는 그 어느 쪽으로도 기울지 않았다. 나는 좀비가 호박 마차에서 내리자마자 미끄럼틀의 양쪽 손잡이를 잡고 미끄럼틀을 거꾸로 올랐다. 지금 친구들과 시합을 하면 내가 제일 빨랐을 정도였다. 뒤돌아보니 어느새 좀비도 미끄럼틀을 따라 올라오고 있었다. 나는 미끄럼틀 계단을 두 칸씩 뛰어 내려갔다. 좀비가 미끄럼틀을 거스르는 소리와 내가 계단을 밟아 울리는 쇠 소리가 빈틈없이 이어졌다.

미끄럼틀과 소나무 사이 돌계단 여덟 개를 올라가면 어른들이 주로 이용하는, 운동기구들과 잔디밭과 지압용 자갈밭이 있는 공원이 나타났다. 공원 구석에는 검붉은색 지붕을 뒤집어쓴 팔각정이 있었는데, 중학생 언니 오빠들이 밤마다 담배를 피운다는 소문이 돌았다. 어른들은 위험하니 팔각정엔 절대 올라가지 말라고 했다. 호기심에 친구들과 딱 한 번 올라가 봤는데 오줌 냄새가 났고 커피 쏟은 바닥에 담뱃재가 찐득거렸다. 정확한 실체를 헤아릴 수는 없었지만, 추상적인 불쾌감에 사로잡혀 다시는 팔각정에 가지 않았다. 좀비가 쫓아와도 예외는 아니었다. 나는 팔각정 앞에서 발걸음을 돌렸다. 공원엔 어른들이 없었고, 좀비는 어느덧 내 뒤를 바짝 쫓아 공원까지 올라왔다. 당황한 나는 어른들이 윗몸일으키기를 하는, 친구들과 내가 '침대'라 부르는 운동기구 앞에 우뚝 정지했다. 내가 멈추자 좀비도 뛰지 않았다. 좀비는 처음 봤을 때보다는 덜 흉측스러웠다. 살갗에 딱지들이 달랑거렸지만 많이 벗겨져 있었고, 딱지가 벗겨진 곳에 연한 연둣빛 피부가 드러났다. 좀비는 여전히 눈을 깜박거리지 않았다. 좀비는 그저 나를 빤히 보았다. 좀비는 내게 아무 짓도 하지 않았다. 좀비의 탁한 초록색 눈동자에 내가 있었다. 그뿐이었다. 나는 좀비의 얼굴에 손을 뻗어 달라붙은 딱지를 다 떼어 버리는 상상을 하다 고개를 저었다. 만화에서 봤던 좀비가 떠올라서였다. 본능적인 거부감과 위협감이 스멀스멀 올라왔다. 가만히 있던 좀비가 나를 잡으려는 듯 손을 뻗었을 때, 좀비의 손톱에도 초록색 페인트 가루가 껴 있는 걸 발견했다.

나는 놀이터를 빠져나갔다. 빠르게 달린 것도 아닌데 좀비가 더 쫓아오지 못하고 놀이터 문턱에서 주춤거렸다. 나는 어른들이 많이 있는 곳으로 달렸다. 놀이터에서 나와 한 번만 왼쪽으로 꺾고 쭉 달리면 새해시장이었다. 새해시장은 새해아파트 1층에 있었다. 새해아파트는 정문에 하얀 콘트리트 주차장이 있는 한 동짜리 아파트였는데, 동네 사람들은 전부 새해아파트 1층에서 장을 봤다. 시장 입구에는 파란색 바탕에 노란색 글자로 '새해마트 내부 공사 공지'라고 적힌 현수막이 걸려 있었다. 얼마 전 '새해마트'라는 큰 간판이 새로 달렸지만, 아직까진 모두가 새해시장이라 불렀다. 시장으로 들어가면 깨를 볶는 고소한 냄새가 났고, 종이로 포장해 쌓아 둔 김 뭉치가 있었다. 새해상회를 지나칠 땐 코가 시큰해질 정도로 고춧가루 냄새가 강했었지만 오늘은 아무 냄새도 나지 않았다. 얼마 전 새해상회는 문을 닫았고, 옆 반이었던 새해상회 아주머니네 아들도 전학을 갔다. 나는 비어 있는 새회상회를 지나 새해닭집 앞에서 숨을 골랐다. 달리기를 멈추자 온몸에 피가 돌며 열이 올라왔다. 닭 튀기는 기름통 가까이에 서자 더 더웠다. 닭집 할머니가 나를 알아보고 인사했고, 나는 기름통에서 기름방울이 터지는 소리를 들었다. 사촌들이 올 때마다 양념 반 후라이드 반 포장 심부름을 오곤 했으니, 일주일에 한 번씩은 꼭 듣는 소리였다. 고모네는 주말마다 사촌 오빠와 사촌 언니, 사촌 동생들을 우리 집에 맡겼다. 사촌들이 자고 간 다음 날이면 엄마와 아빠가 싸웠다. 이렇게 아이들 맡기고 가면 나는 아이들만 보라고? 자기들은 뭐 하는데. 엄마는 이 집에서 나가고 싶다고 했고, 나는 내 방이 갖고 싶었다.

—또 뛰었구나.

새해닭집 할머니가 앞치마를 풀며 내가 서 있는 기름통 쪽으로 왔다. 새해닭집 할머니는 항상 젖은 지폐로 거스름돈을 주시곤 했다. 동네 아이들에게 용돈을 줄 때도 마찬가지였다. 할머니가 땀 흘리는 나를 보며 간식을 사 먹으라고 천 원짜리 지폐를 꺼냈다. 기름기 묻은 장갑을 낀 채 앞치마 주머니에서 꺼낸 지폐는 축축했다.

지폐를 손에 쥔 채 놀이터로 돌아갔다. 놀이터엔 아무도 없었다. 좀비도 보이지 않았다. 이상하게도 실망스러웠다. 철봉을 탈까 하다가 그네를 탔다. 이제 '미'까지 올라갈 수 있었고, 도레미 철봉이 전부 시시하게 느껴졌기 때문이었다. 나는 쇠 그넷줄을 단단히 쥐고 몸통에 힘을 주어 그네를 움직였다. 그넷줄은 타원형의 쇠고리를 엮어 만들어졌는데 녹슬어 갈색이 되어 있었다. 고리가 엮인 부분에는 미세한 틈이 있었는데, 그네가 하강할 때 손에 힘을 주자 구멍 사이로 손바닥 살이 꼬집히고 말았다. 찔끔 눈물이 났고, 그네에서 뛰어내려 집까지 달렸다. 엄마를 부르면서, 아빠를 부르면서, 친구들의 이름을 부르면서 뛰어갔다. 대문이 활짝 열린 집으로 돌아와 내 방 미닫이문을 닫았다. 드르륵거리는 레일 소리가 집 안에 울려 퍼졌다. 내 손에서 기름 묻은 지폐와

녹슨 그넷줄이 뒤범벅된 냄새가 났다. 옷에 손을 닦자 희미한 갈색이 묻어 나왔다. 심장이 쿵쾅거렸다. 나는 그넷줄에 꼬집힌 상처가 아파서 달린 건 아니었다.

좀비가 '미'에 매달려 나를 보고 있었다.

5.

—점보 락 캠프 그라운드.

삐삐가 표지판에 적힌 알파벳을 읽었다. 우리는 모하비 국립공원에 와 있었다. 이곳에서 대상을 구체적인 기억으로 치환할 수 있는 유일한 방법은 '이름'이었다. '킹맨', '니들즈' 같은, 정확한 발음으로 읽을 순 있어도 내용물이 도무지 짐작되지 않는, 미지의 이름들. 아침 10시가 채 되지 않은 시각, 마주한 풍경에 곧은 직선은 도로와 지평선뿐이었다. '점보 락'이라 일컬어지는 연한 상아색 바위들은 전부 완만한 곡선이었고, 둥근 테두리를 맞물린 채 빼곡히 쌓여 있었다. 새파란 하늘과 도로 위 노란색 중앙선, 도로 양옆을 꽉 채우고 있는 바위들, 사이사이 짙은 초록색의 크레오소트나무들, 이따금 지나가는 빨간색 지프와 하얀색 캠핑카. 이곳을 그린다면 사막을 연상시키는 계열의 색채를 포함하더라도 물감이 몇 개 필요 없을 것 같았다.

삐삐가 표지판 앞에서 영상을 찍는 동안, 율 피디와 나는 근처 바위에 올랐다. 꽤 높은 바위였다. 바위에 오르자 시야가 닿는 곳에 사람이라곤 우리뿐이었다. 순간적으로 음 소거 버튼을 누른 듯 사방이 고요했다. 삐삐가 자그마한 화강암 알갱이 부스러기를 밟는 소리마저 두드러질 정도의 고요였다.

—여긴 좀비도 나타날 수가 없겠는데.

—언니가 심으면 되잖아요.

언니는 좀비를 심을 수 있잖아요. 율 피디가 바위에 앉으며 대답했다. 나도 율 피디 옆에 앉았다. 햇볕에 메마른 바위라 거리낄 것이 없었다. 어젯밤, 율 피디에게 좀비가 등장하는 글을 보여 주었다. 율 피디는 이게 무슨 자서전이냐는 식의 평가를 하지 않았다. 잘 썼네요, 혹은 못 썼네요, 라는 섣부른 감상도 남기지 않았다. 율 피디는 다만 즐거워했다. 저도 이 놀이기구들 알아요. 저도 놀이터에서 이렇게 놀았어요. 게다가 율 피디는 놀이터의 좀비를 좋아했다. '왠지 알 것 같다.'라고도 말했다. 그건 나의 기분을 좋게 해 주려고 꾸며낸 반응이 아니었는데, 오히려 그 때문에 기분이 좋아졌다. 자서전 과제를 제출하지 않아도 될 것 같다는 생각이 들 정도였다.

—놀이터보다 여기가 더 등장시키기 어려워. 워낙 사람이 없으니까.

좀비는 좀비가 되기 전엔 인간이었던 존재다. 좀비를 심기 위해선 인간이라는 원형이 필요하다. 좀비는 원형의 부패, 혹은 변환물이다. 하지만 모하비 국립공원의 일부분인 이곳에 사람은 우리 세 명뿐이었고, 따라서 놀이터보다 여기에 좀비가 나타날 확률이 더 낮았다.

—그럼 좀비 세상 되면 여기가 차라리 안전하겠네요.

—그렇게 생각하니 그건 또 그렇네.

자리를 털고 일어나 더 높은 바위로 올라섰다. 율 피디가 내 뒤를 따랐다. 삐삐는 브이로그를 찍느라 여념이 없었다. 바위를 짚을 때마다 손바닥에 미세한 알갱이 자국들이 새겨졌다. 척 보기엔 매끄러운 바위 같았지만, 자세히 들여다보면 표면에 시간의 자국이 선명했다. '둥근 바위'만으로 설명되지 않는 많은 것들이 그 자국에 담겨 있었다. 그것들을 딛고 더 높은 바위에 오르자 시야가 탁 트였다.

—같은 산을 계속 그렸던 화가가 있었는데. 이름이 생각나지 않아. 남부 프랑스에서 그림을 그렸던…….

—폴 세잔이요.

—폴 세잔이구나.

바위에 앉아 울퉁불퉁한 표면을 쓰다듬자 손바닥에 하얀 모래 먼지가 묻었다. 바위들은 지평선까지 펼쳐져 있었다. 셀 수 없을 정도로 많은 바위들을 보고 있었지만, 여행이 끝나면 '상아색의 점보 락' 정도로 뭉뚱그려져 기억날 바위들이었다.

—언니들 어디 있어요?

삐삐의 목소리가 들렸다. 우리는 달리 설명할 방법이 없어 '여기 위쪽'이라고 대답했다. 삐삐가 가 보고 싶은 곳이 있다며 아래쪽에서 소리를 질렀다. 율 피디와 나는 적당히 발 디딜 곳을 찾아 바위를 내려갔다. 둥글고 넓은 바위는 올라갈 때보다 내려갈 때가 더 어려웠다. 우리는 손과 발로 신중하게 돌을 짚었다. 그늘진 곳을 짚으면 차가웠고 상아색이 환한 부분을 짚으면 뜨거웠다.

—이게 스컬 락이래요. 여기 오면 다들 보나 봐요.

삐삐를 따라 한참을 걸어 찾은 바위는 위에 두 개, 그리고 아래에 하나의 구멍이 움푹 팬 바위였고, 삐삐의 말처럼 인기 있는 바위인지, 지도 검색도 가능했다. 그럼에도 나에겐 '스컬 락'이라는 이름을 듣지 않았으면 해골을 연상하지 않았을 것처럼 보였다. 이름 없는 것에 이미 존재하는 것을 갖다 붙여 식별하는 건 익숙한 인식법이었다. 하지만 해골을 닮지 않은 수백 개의 바위들은 이름 없이 펼쳐져 있었고, 율 피디와 내가 앉았던 바위를 그대로 다시 찾을 확률도 낮았다. 삐삐가 해골 바위를 카메라에 담으려 뒤로 물러났지만, 우리 뒤로 사람들이 줄 서 있어 오래 촬영하진 못했다.

점심을 먹기 위해 스컬 락에서 100미터 정도 떨어진 판판한 바위에 자리를 잡았다. 우리는 눅눅한 샌드위치를 먹으며, 좀비를 시작으로 풍경에 이것저것 마음대로 심기 시작했다.

난 저 바위 한복판에 우주선 심을래. 그럼 외계인 침공 영화가 되겠네요? 왜요, 침공 아니고 외계인 친구일 수도 있잖아요, 이티처럼. 외계인은 꼭 침공해야 하나요? 밤하늘 까맣게 칠하고 오로라를 심는 건 어떨까요. 오로라가 뜬금없이 미국에? 그럼 난 무전기를 찾을래. 과거의 나와 대화할 수도 있잖아. 어, 그럼 나도 무전기 찾을래요. 엥, 무전기랑 오로라가 무슨 상관인데요? 삐삐는 그 영화 모를 수도 있겠구나. 그런 영화가 있어. 몰라요. 저는 분홍빛 하늘에 커다란 토끼 심을래요. 환상적인 동화처럼.

뮤직비디오 주인공처럼. 다 됐고 스타벅스나 쥬씨를 심을까요. 먹고 싶은데.

우리는 병 음료를 다 비울 때까지 풍경에 무언가를 계속 심었다. '심는 작업'은 율 피디가 새로운 말문을 열면서 끝났다.

—있잖아요. 저는 대응만 하면서 살고 싶지가 않았어요. 이제 그러고 싶지가 않아요.

율 피디가 누군가의 말에 대답하거나 상황에 적당히 응답하는 게 아닌, 먼저 운을 떼는 경우는 드물었다. 그리고 그 말은 철봉에 오랜 시간 매달렸다 뛰어내릴 때 내뱉는 숨만큼이나, 폐부 깊숙한 곳에서부터 터져 나온 말처럼 들렸다. 행동과 대응은 다르잖아요. 다른데 자꾸 잊고 살아요. 율 피디가 혼잣말처럼 덧붙였다. 나는 처음으로, 율 피디를 '율 피디'라고 부르는 나만의 맥락을 만들고 싶어졌다.

—어, 행동과 대응이 다른가요?

삐삐가 해를 피해 몸을 돌려 앉으며 물었다. 삐삐를 따라 해를 등지자 그림자 진 바위들이 보였다.

—일단 단어가 다르잖아. 나도 다르게 부르고 있고.

—음, 이름이 다르면 많이 다른가요? 다른 거겠죠?

언니들, 저는요. 저는 어떻게 살고 싶지가 않냐면요. 저는 정리만 하면서 살고 싶지가 않아요. 예를 들면요. 브이로그 영상이 만족스럽게 편집되지 않으면 우울해요. 우울해서 계속 그것만 생각해요. 제가 원하는 방식대로 영상이 완성되고 올라가야만 내 경험에 방점 찍는 것 같아요. 그게 말이 되나요? 이상한데 진짜 그래요. 어떤 날엔 영상 올리면 기분이 아주 좋지만, 또 어떤 날엔 제가 뭘 말하는지 모르면서 그냥 하는 것 같아서, 찝찝하고 기분이 나빠요. 어쩔 땐 영상을 전부 지워 버리고 싶어져요. 또 다른 날엔 영상 썸네일 고르느라 반나절을 보내기도 하고요.

삐삐는 느낌표 대신 커다란 숨을 내쉬면서 말을 마쳤다. 그러니까 삐삐는, '있는 힘껏' 말하고 있었다.

—대응도 대응 나름이야.

나는 율 피디의 말과 삐삐의 말에 한꺼번에 대답했다. 그건 나에게 하는 말이기도 했다. 대응도 대응 나름. 대응도 대응 나름! 율 피디와 삐삐가 각자의 말투로 내 말을 반복했다. 문득 율 피디가 말했던 '우주에 가 본 기분'이라는 건 사막의 밤하늘이 아니라, 이런 망연한 풍경일 거란 생각이 들었다. 아무리 보완물을 심어도 우리만의 맥락을 만들기가 어려운, 맥락이 비어 있는, 미지의 행성을 마주한 기분.

우리는 오래오래 그곳에 앉아 율 피디가 보고 싶어 했던 우주를 함께 보았다.

6.

회전 뱅뱅이는 나와 친구들이 내린 뒤에도 한참을 돌았다. 좀비는 어지럽지도 않은지 계속 회전 뱅뱅이를 타고 있었다. 우리는 이제 좀비 때문에 달리지 않았고, 그것의 존재를 점차 의식하지 않게 되었다. 좀비도 우리를 쫓아오지 않았다.

다만 우리가 타다가 내린 놀이기구에 뒤늦게 올라탄 뒤, 우리가 타던 힘의 잔여로 놀이기구가 움직이는 딱 그만큼만 놀이기구에 타 있곤 했다. 우리는 좀비 대책 계획은 잊고 새로운 놀이를 시작했다. 각자의 기지를 만들어 그곳을 꾸미는 놀이였다. 우리는 공원에서 주워 온 솔방울이나 나뭇잎 따위를 각자의 기지에 경쟁적으로 쌓아 두기 시작했다. 정해진 기지에 들어가기 전에 기지의 주인에게 허락을 구하는 건 우리 사이의 암묵적인 규칙이었다. 내가 차지한 기지는 높은음자리표를 옆으로 눕힌 것 같은 모양의 달팽이 구름다리였다. 달팽이 구름다리는 철봉을 만든 쇠와 재질이 같았고 빨간색, 초록색, 파란색 페인트가 군데군데 칠해져 있었다. 처음 달팽이 구름다리 꼭대기까지 올라갈 땐 떨어지지 않으려고 손에 힘을 꽉 주었고 손바닥에 쇠 냄새가 뱄지만, 점차 잘 타게 되자 그만한 힘을 주지 않게 되었다. 다른 친구들은 정글짐과 호박 마차를 기지로 정했다.

우리가 좀비를 아예 무시하게 되고 기지 놀이에 빠졌을 무렵이었다. 내릴 새도 없이 누가 바깥에서 계속 돌리는 회전 뺑뺑이를 탄 것처럼, 많은 일이 한꺼번에, 내 의지와는 관계없이 일어났다. 그 뒤로는 모든 일이 쭉 그런 식이었다. 호박 마차를 기지로 골랐던 친구는 동네에 생긴 프랜차이즈 영어 학원에 다니기 시작했고, 그 뒤로 호박 마차 기지는 거의 항상 비어 있었다. 정글짐을 골랐던 친구는 방과 후 수영부에 들어갔다. 나도 동네 학원에 다니고 싶다고 하자 엄마 아빠가 곧 이사를 할 거라 했고, 얼마 뒤 나는 동네를 떠났다. 거실

미닫이문은 다시 헐렸다.

이사 간 곳은 새로 지은 아파트 단지였다. 그곳엔 진짜 내 방이 있었다. 방문도 미닫이문을 달아 임시로 만든 게 아니었다. 하얀색 페인트가 칠해진, 깔끔한 여닫이문이었다. 엄마 아빠는 더 이상 비디오 가게를 운영하지 않았지만 상가에는 자주 나갔고, 상가 어른들은 엄마 아빠를 살갑게 대했다. 어느 날은 아빠가 아이스크림 케이크를 사서 들어왔는데, 엄마가 나에게 동생이 생길 거라고 했다. 나는 아파트 맞은편에 있는 속셈 학원과 피아노 학원에 다니기 시작했다. 이사를 간 뒤로 주말에 사촌들이 놀러 오거나 자고 가는 일은 단 한 번도 없었다. 그게 우리가 새로운 아파트로 이사 온 것과 관련이 있다는 걸, 아무도 말해 주지 않아도 그냥 알게 되었다. 놀이터에서 온종일 놀던 친구들은 학교에서 가끔 마주칠 뿐이었다.

이사 간 아파트 단지 안에도 놀이터는 있었다. 바닥은 푹신푹신한 매트 재질이었고, 놀이기구라고는 캐릭터가 그려진 플라스틱 미끄럼틀과 낮은 그네가 전부였다. 나무 표지판엔 커다란 글씨로 안전 수칙이 적혀 있었다. 그곳에는 아이들을 지켜보는 어른들이 많았다. 그 공간에 내 손톱 힘으로 뜯을 수 있는 건 없었고, 좀비도 없었다. 어느 날은 학교를 마치고 이전 동네의 놀이터를 찾았는데, 달팽이 구름다리 옆에 내가 쌓아 두었던 솔방울들이 죄다 사라져 있었다. 도레미 철봉은 헐렸고, 광택이 나는 은색 철봉으로 바뀌어 있었다. 높이도 낮아져 있었다. 혹은 낮아진 것처럼 느껴졌다. 그것들은 더 이상 도, 레, 미가 아니었다. 칠해진 색이 없으니 페인트를 뜯을 일도, 덧칠할 일도 생기지 않을 것이었다. 그곳에서 변하지 않은 건 팔각정뿐이었다. 한참 기다렸지만 좀비도 나타나지 않았다.

7.

오후의 해가 기울자 바위의 열기도 식었다. 율 피디는 아직도 우주를 보고 있었다. 율 피디는 이제 어디를 가든 눈앞의 장면에 좀비를 심어 볼 것 같다고 말했다. 나는 이름 모를 바위를 짚은 손에 힘을 주었다.

—있잖아, 율 피디.

—네, 언니.

—심은 게 아니야. 좀비는 진짜 있었어.

율 피디와 나의 시선이 보이지 않는 점선을 따라 교차하며 이어졌다. 시선은 다시 풍경으로, 이름을 알 수 없는 바위들을 지나 지평선 너머까지 뻗어 나갈 듯 닿았다.

—알아요. 알아요 언니.

언젠가부터 사진 작업이 한층 더 즐거워졌다. 색이 아닌 빛을 보기 시작하면서였다. 사물과 풍경을 색으로 인식하면 명확한 '이름'을 알 수 있었다. 피사체에 담긴 의미나 관념을 쉽게 떠올릴 수 있었다. 그러나 빛으로 인식하는 건 달랐다. 빛을, 그러니까 때로는 그림자를 통해 세계를 바라보면 이름과 관념으로 도약하지 않고서도 볼 수 있는 게 참 많았다. '바위를 찍은 사진'에서 '바위'를 식별하는 일보다 더 즐겁고 중요한 건 빛을 통해서야 볼 수 있었다. 색이 아닌 빛을 통해 바라본 글을 쓰고 싶다는 마음이 「우주 순례」가 되었다.

여행을 가면 일상에서 접하기 힘든 자극을 찾곤 했다. 다양한 양식의 건축물을 보거나 미술관, 유적지, 박물관을 실컷 찾아다녔다. 기표가 뚜렷한 것들, 의미 있는 텍스트들, 역사적으로 증명된 텍스트들 사이사이를 실컷 산책한 셈이다. 색이 아닌 빛을 보기 시작하면서는 해변과 사막, 들판과 산을 다니기 시작했다. 카메라로 샌디에이고에 있는 라호야 해변의 일부분만 프레이밍하면 제주도의 함덕 해수욕장과 비슷해 보였다. 바르셀로나 근교의 시체스 해변도 크게 다르지 않았다. 전 세계의 모든 해변을 모아두고 바다를 전부 구분할 수 있다면 그건 근처의 조형물과 늘어선 상점과 표지판 덕분일 것이다. 명확한 기표와 기의를 지닌 것들은 바다 위가 아닌 해변에 있으니까. 「우주 순례」를 통해 라호야인지 함덕인지 시체스인지 굳이 구분할 필요가 없는 바다 위를, 기약 없이 아득한 지평선과 끝없이 중첩되는 사막을 탐험하고 싶었다.

도레미파솔라시도 철봉도 그네도 모두 오를 수 있도록, 때로는 당차게 뛰어내릴 수 있도록 사랑해 주고 지지해 준 엄마와 아빠에게 고맙고 사랑한다고 말하고 싶다. 도레미파솔라시도가 흘러가는 내내 곁을 지켜 준 동생들, 그리고 벨라에게도 아낌없는 사랑의 말을 전하고 싶다. 나 역시 동생들의 곁을 지켜 줄 것이다. 내가 색을 넘어

빛을 오래오래 들여다볼 수 있도록 응원해 준 민지에게도, 고마움과 사랑을 전한다.

고하나

'낮에는 영상 연출을, 밤에는 글을 쓴다.'라는 느낌으로 적고 싶었지만…… 공교롭게도 두 가지 모두 낮과 밤과 주말이 따로 없다. 낮과 밤이 허물어질 정도로 재미있는 이야기를 좋아한다. 그런 이야기의 힘을 이어 가고 싶다. 서울에 살고 있지만 고향은 사랑하는 제주도. 2023 제3회 문윤성 SF 문학상을 수상하며 소설가로서의 작품 활동을 시작했다.

가작

이서현

얼얼한 밤

"혹시 콜 포비아세요?"

"그랬다면 전화를 안 받지 않았을까요?"

영수는 까칠하게 되물었다. 어쩐지 스스로가 유치하게 느껴지기도 했지만 일말의 체면치레조차 하고 싶지 않았다. 콜 포비아가 되기 전에 이 전화를 끊고 싶을 뿐이었다.

"전화하신 용건이 뭐죠?"

"영수 씨는 맞죠? 전 영수라고 해서 남자인 줄 알았어요."

"용건 없으면 끊겠습니다."

"영수 씨 어머니가 돌아가셨어요."

다급하게 덧붙인 여자의 말에 영수는 아무 말도 할 수 없었다. 전화 너머의 여자는 침묵에도 아랑곳하지 않은 채 말을 이어 갔다. 길게 이어지는 말을 요약하자면 이랬다.

영수의 엄마가 당뇨 합병증으로 돌아가셨고, 사흘 전부터 장례를 치렀지만 화장 순서가 돌아오지 않아 이틀 더 장례를 연장하거나 다른 지역으로 이송해 화장을 해야 하는데, 그렇게 하면 이송비가 추가될 뿐만 아니라 화장 비용이 10배로 늘어난다는 얘기였다. 그러니까 자신들은 할 만큼 했으니 엄마를 찾아가라는 거였다. 다른 지역으로 옮겨 화장을 하든 장례식을 이어 가든 알아서 하라고. 영수가 계속해서 말이 없자 어떻게 3년이 넘도록 당뇨를 앓고 있었는데, 한 번도 찾아오지 않았냐고 타박했다. 아무리 미워도 엄마는 엄마 아니냐고. 주제넘은 잔소리에 영수는 참지 못하고 한마디 던졌다.

"그쪽 엄마로 사는 30년 동안 단 한 번도 우리 엄마였던 적 없어요. 엄마라는 말 쉽게 하지 마세요."

영수로서는 엄마가 연락을 해 온 적도 없었으니 당뇨는커녕 죽었는지 살았는지도 몰랐을뿐더러, 알았다 해도 찾아가지 않았을 거다.

여자는 멈칫하면서도 물러설 마음은 없는 듯했다.

"저희도 할 만큼 했어요."

그 말을 마지막으로 여자는 전화를 끊었고, 장례식장 위치와 함께 내일 아침까지 해결해야 된다는 문자를 보내왔다. 곧장 다시 전화를 걸었지만 전화기가 꺼져 있다는 안내 멘트만 흘러나왔다.

"이거 진짜 지독한 년이네."

욕이 절로 나왔지만 그 욕을 듣는 건 영수 자신뿐인지라 전화를 건 여자에게 한 건지 스스로에게 한 건지 알 수 없는 기분이었다. 휴대전화를 내던진 후 고개를 들자 거울 속의 영수가 멍청하게 자신을 보고 있었다.

어느새 이렇게 시간이 흐른 걸까.

인생에는 세 번의 노화 지점이 있다고 했다. 하루치, 한 달 치, 일 년 치, 그렇게 조금씩 늙어 가는 것이 아닌, 어느 순간 팍 늙어 버리는 순간이 있다고. 서른여섯. 영수는 그 첫 지점을 마주한 기분이었다. 피부는 푸석했고, 탄력은 사라지고 기미는 늘었다. 눈가와 입가에 잔주름도 생긴 것 같고. 바로 그 모습에서 어렴풋이 기억에 남아 있는 엄마의 얼굴이 보였다. 30년 전의 엄마가. 물론 엄마가 떠난 후 사진조차 본 적이 없으니 그저 기분 탓일 수도 있었다. 괜한 감상에 빠지고 싶지 않아 침대에 내던졌던 휴대전화를 집어 들고 언니의 번호를 눌렀다.

언니는 전화를 받자마자 속삭였다.

"은호 잘 시간이야."

"엄마가 죽었대."

잠시 정적이 흘렀다. 진공 상태에 갇힌 것만 같았다. 영수는 대답하지 않는 언니의 반응에 숨이 막혀 왔지만 아무 말도 나오지 않는 기분이 어떤 건지 이미 알고 있었다. 차이가 있다면 언니는 숨조차 쉬지 않는 것 같았다.

"언니 끊었어?"

"우리한테 엄마가 어딨어."

어이없다는 언니의 말투에 웃음이 나왔다.

웃을 상황이 아니었지만 긴장이 풀렸다. 언니의 시니컬한 진지함은 긴장을 앗아 가곤 했다. 얼음- 하고 있으면 어느새 옆에 와서 아무렇지 않은 듯 땡- 하는 기분. 모든 게 별것 아닌 기분. 아무 일도 없었다는 듯 가던 길을 가면 될 것 같았다.

어쨌든 언니는 은호를 재우고 난 뒤에 다시 전화하겠다고 했다. 끊으려는 찰나 언니가 다급하게 물었다.

"민영이한테는 말했어?"

대답하지 않자, 언니는 생각이 바뀌었다는 듯 덧붙였다.

"은호 재우고 너희 집으로 갈 테니까, 민영이도 오라고 해."

영수가 왜 하필 내 집이냐고 묻기도 전에 전화가 끊겼다.

언니에게 곧장 전화를 건 것과 달리 오빠에게 전화하는 건 망설여졌다. 엄마가 없다고 생각하는 언니와 달리 오빠는 여전히 엄마를 원망하고 있었으니까. 엄마 얘기를 꺼내자마자 영수로선 들을 필요가 없는 비난을 들을 게 뻔했다.

한참 동안 휴대전화 화면만 보다가 결국 통화 버튼을 누르지 못한 채 메시지를 보냈다.

—엄마가 죽었대. 언니가 내 방으로 오겠대. 오빠도 와.

언니가 온 뒤에 오빠가 확인하길 바랐지만 곧장 전화벨이 울렸다.

전화를 받자 오빠가 황당하다는 듯 물었다.

“너 폰 해킹당했냐?”

이런 쌍놈의 자식들.

할머니라면 엄마의 죽음 앞에 슬퍼하기는커녕 황당해하는 세 남매의 모습에 욕부터 내뱉었을 거다.

할머니는 그런 사람이었다. 상대가 아무리 엿 같이 굴어도 똑같이 엿 같게 굴어선 안 된다고. 그렇게 세상이 개판이 되는 거라고. 그렇게 할머니는 개새끼의 지랄발광을 볼 때에도 언제나 품위를 잃지 않았다. 반면 하민, 민영, 영수, 세 남매는 나만 엿을 먹을 바에는 세상이 개판이 되는 게 낫다고 여겼지만 할머니에게 대들 수는 없었다. 세 남매가 개판에 떨어지도록 내버려두지 않은 사람이 바로 할머니였으니까.

뭐, 할 말이 없는 건 아니었다.

할머니는 세 남매를 엿 먹인 엄마의 엄마였으니까. 책임 소재에서 벗어날 수 없다고 해야 하나. 할아버지와 아빠는 대체 어디서 뭘 하는 거냐고 따져 묻는 사람도 있겠지만 이미 죽은 사람들을 원망할 수는 없는 노릇이었다. 어쨌거나 지금 와서 할머니까지 원망하는 건 불공평한 일인 것 같기도 했다. 제 한 몸 잘 살자고 세 남매를 떠넘겼던 엄마가 죽어서도 제자리를 찾지 못해 돌아온 것을 알게 된다면 가장 슬퍼할 사람이었으니까. 이미 돌아가신 게 다행이라면 다행이랄까.

사람들은 할머니의 팔자가 박복해서 죽을 때까지 불행하게 살다 갔다고 했지만 영수의 기억에 의하면 할머니는 불행과는 먼 사람이었다. 제아무리 큰 사건이라 해도 빨래를 널어야 할지 말아야 할지 정도의 고민과 다르지 않게 대했다. 할머니만의 방어기제였을 수도 있지만 그렇다 해도 영수로선 그보다 더 좋은 방법은 찾을 수 없었다. 영수 역시 언니 오빠가 올 때까지 방 청소만 하고 있었으니까. 엉망진창인 방에 언니가 늘어놓을 잔소리를 걱정하는 게 나았다. 돌아온 엄마, 그러니까 엄마의 시체를 어떻게 할지 고민하는 것보다 훨씬 더 현실적으로 느껴졌다. 죽어서 돌아온 엄마라니. 아무리 생각해도 이상했다. 살아서 돌아왔다면 달랐을까. 드라마에서 본 것처럼 울고불고 눈물의 상봉식을 했을까. 쭈뼛거리며 어색하게 두리번거리기만 했을까.

청소가 끝날 무렵 오빠와 언니가 차례대로 들어왔다. 현관 밖에서 들려오는 소리로 미루어 보건대 오빠는 언니가 올 때까지 담배를 피우며 기다린 모양이었다. 영수는 다행이라 생각하면서도 괜히 서운했다. 쌍둥이인 두 사람과 달리 여섯 살이나 차이가 나는 영수는 두 사람 사이에 절대 끼어들 수 없을 것 같은 기분을 느끼곤 했다. 세 남매라곤 하지만 실은 두 남매와 한 명의 동생인 기분이랄까.

두 사람은 방에 들어와서도 한참이나 말이 없었다.

결국 영수가 먼저 입을 열었다.

"근데 우리 이름은 대체 왜 그렇게 지은 걸까?"

무심코 내뱉은 말에 언니와 오빠는 어이없다는 표정을 지었다.

알고 있다. 지금 상황에 걸맞지 않은 말이라는 것. 하지만 지난 30년간 영수가 엄마에게 가장 궁금했던 일이었다. 여자인 언니와 영수에게는 남자 이름을 주고, 왜 오빠에겐 여자 이름을 주었는지. 물론 이름에 남자 여자가 있는 것도 아니고, 이름에 성별을 매기는 건 촌스럽다 못해 후진 생각이라는 건 알고 있었지만 흔히 붙이는 이름이라는 게 있지 않나. 늘 궁금했지만 영원히 알 수 없는 일이 되어 버렸으니 궁금하지 않을 수가 없었다.

"돈 거야? 정신이 나갔어?"

오빠가 못 참겠다는 듯 말하자, 이 와중에 반찬까지 싸 들고 온 언니가 냉장고에 반찬을 넣으며 말했다.

"김민영, 예쁜 말 써."

"누난 내가 무슨 은호인 줄 알아?"

"김영수, 넌 대체 뭘 먹고 사는 거야. 냉장고에 왜 맥주밖에 없어? 알코올중독이야?"

“봐, 성까지 붙이니까 완벽하게 남자 이름 같잖아.”

“그게 싫으면 개명해.”

“넌 엄마한테 궁금한 게 고작 그거밖에 없어? 화장조차 못 시킨다는 새끼들 때문에 우리 버리고 간 이유는 안 궁금하고?”

당연히 궁금했다. 하지만 그 부분에 있어선 어느 정도 유추가 되었다.

결혼 전과 달리 실망만 가득 안겨 주었던 남편이 죽었다. 눈에 띄는 폭력을 휘두르지도 않았고, 무책임하게 내팽개친 것도 아니라 욕조차 마음껏 할 수 없게 만들었던 남편이. 비로소 자유라고 느꼈겠지만 문득 돌아보니 남편과의 흔적이 남아 있는 거다. 하나도 둘도 아닌 셋씩이나. 벗어나고 싶었겠지. 할머니에게 버려두면서 죄책감도 어느 정도는 덜어졌겠지. 적어도 굶어 죽게 하지는 않았다고. 고아원에 보낸 것도 아니라고. 남모를 속사정이 있다고 해도 달라질 건 없었다. 끌어안고 눈물 펑펑 흘릴 사연이 있다고 해도 30년 동안 내버려두었다는 건 바뀌지 않을 테니까. 자신이 낳은 아이 셋을 버려둔 채, 자신이 낳지 않은 두 아이를 키웠다는 사실은 달라지지 않을 테니까. 무엇보다 지난 한풀이를 할 대상이 세상에 존재하지 않는데, 굳이 서글픈 이야기를 해야 할 이유가 있을까.

“알아서 뭐 해. 그것보다 왜 하필 내 방에서 모인 건지가 더 궁금하네.”

아파트에 살고 있는 언니와 오빠 집을 두고 6평이 될까

말까 한 원룸에 세 사람이 모여 있으니 답답했다.

두 사람 모두 가정을 꾸리고 있으니까, 라고 할 줄 알았지만 의외의 답이 날아왔다.

“전화가 너한테 왔잖아.”

“그러고 보니 왜 나한테 전화했지? 언니랑 오빠도 있잖아.”

“뻔하지.”

“뻔해?”

“너가 제일 만만한 거 아니야. 우리한테 전화했으면 얌전히 전화를 끊었겠냐? 너는 그걸 듣고만 있었어? 미친 새끼들. 살아 있을 땐 죽어라 부려 먹더니, 죽고 나니까 장례 하나 못 치러서 버려? 쓰레기 같은 새끼들.”

“내 번호는 어떻게 알았을까?”

영수의 의문에도 두 사람은 말이 없었다.

단 한 번도 엄마의 연락을 받은 적 없었는데, 어떻게 알아낸 걸까. 엄마는 내 번호를 알고 있었으면서도 연락을 하지 않았던 걸까? 연락하고 싶은 마음은 있었던 걸까. 세 사람의 연락처를 모두 가지고 있었을까. 할머니가 준 걸까. 아니면 언니나 오빠가 준 걸까. 도무지 풀 수 없는 궁금증에 휩싸여 있을 때, 오빠는 도저히 못 참겠다는 듯 냉장고를 열어 맥주를 꺼내 마셨다.

치사한 마음이었지만 아깝다는 생각부터 들었다. 알코올중독이라는 말에 차마 대답하지 못한 건 어느 정도는 인정하는 부분이기도 했기 때문이다. 밥값조차 아껴야 하는 처지였지만 하루라도 맥주를 안 마시곤 견딜 수 없었으니까.

삶은 늘 불안했다.

제대로 굴러가고 있을 때조차 결국엔 손을 빠져나갈 것처럼 초조함이 밀려왔다. 일이든 관계든 마찬가지였다. 사귀기 시작할 때는 헤어짐을 상정했고, 취업할 때에도 퇴사를 생각했다. 꿈을 꿀 때도, 끝내 이루어지지 않는 상황을 먼저 떠올렸다. 괴롭기만 한 건 아니었다. 늘 생각했으니 끝이 나도 약간의 씁쓸함이 있을 뿐 큰 상처는 받지 않았으니까. 다만 단 한 번도 만족할 수 없을 뿐이었다. 3년 전, 마지막으로 다니던 스타트업이 결국 문을 닫게 되었을 때 불안감이 극에 달했었다. 결국 심리 상담소를 찾았을 때, 심리 상담사는 엄마 때문일 거라 했다. 어렸을 때 버려진 기억 때문에 지금까지 방황하고 있는 거라고. 과거에서 벗어나야만 한다고. 그날 이후 영수는 상담소를 찾지 않았다. 과거 속에 산 적이 없었으니까. 설사 과거에 이유가 있다고 해도 늘 미래를 살아왔기에, 과거를 버리는 방법이 무엇인지조차 알 수 없었다. 한 번도 껴안지 않았던 과거를 어떻게 버릴 수 있단 말인가.

번호에 대한 궁금증은 풀리지 않았지만 오빠의 말이 맞을 거다. 엄마든 엄마의 새 자식이든 차마 언니 오빠에겐 연락할 수 없었을 거다.

두 사람은 엄마를 결코 용서하지 못했으니까.

엄마가 영안실이 아닌 방에 누워 있다고 해도 찾아가려 하지 않았을 거다. 오빠는 버려졌다는 사실을 결고 인정하지 못했다.

오빠는 화가 날 때마다 엄마를 찾아갔다.

영수는 엄마가 어디 사는지, 어떻게 사는지 전혀 몰랐지만, 오빠는 어떻게든 알아냈다. 할머니가 유력한 용의자이긴 했지만 할머니 역시 늘 모른 척했다. 그저 오빠는 알 만하니까 알았다고 했을 뿐이다. 하루는 엄마 집 앞에서 기다리고 있다고 했고, 어느 때는 엄마가 새로운 남편과 함께 일하는 만둣집에 가서 하루 종일 앉아 있다가 오곤 했다. 그럴 때마다 오빠는 굳이 이유를 설명했다. 엄마가 오길 바라는 게 아니라고.

당신이 버리고 간 게 무엇인지 똑똑하게 기억하게 하기 위함이라고.

그렇게 잊으려야 잊을 수 없게 만들었다. 물론 엄마만 잊지 못한 건 아니었다. 엄마의 새 남편, 그러니까 할머니의 새 사위는 제발 손주 녀석 간수 좀 잘하라고. 자신의 아이들이 너무 힘들어한다고 술에 취해 전화를 걸어 화를 내곤 했다. 그럴 때마다 할머니는 세상일이 전부 내 마음대로 되는 게 아니지, 느긋한 소리를 했지만 오빠는 결단코 그들에게 평화를 선사하지 않겠다며 길길이 날뛰곤 했다. 그마저 대학을 들어가면서 끝이 난 듯했지만 물어보질 않았으니 모를 일이었다.

반면 언니는 오빠와 전혀 다른 방식으로 분노했다.

마치 처음부터 엄마가 없었던 것처럼 굴었다. 부모님은 어디 있냐고 물으면 담백하게 말했다.

"죽었어요."

아빠가 죽었으니 온전히 틀린 말은 아니었다. 엄마도…… 뭐, 마음속에선 죽었을 것이다. 엄마가 그들을 버릴 때 가장 절실하게 매달린 건 언니였으니까. 30년 전의 기억이 많이 남아 있지 않았음에도 영수는 그날의 언니가 엄마의 다리를 붙잡고 질질 끌려 나가던 모습을 선명하게 기억했다. 가려는 엄마의 다리를 붙잡고 절대 가면 안 된다고, 자신이라도 데려가라고, 애원하고 또 애원했으니까. 그때 분명 언니 역시 오빠도 영수도 버렸지만, 그럼에도 불구하고 같이 버려졌을 땐 두 사람을 한 번도 버린 적 없는 척, 엄마의 역할이 필요할 땐 자신이 꼭 나서곤 했다. 그렇게 학부모 상담이 있을 때면, 교복을 입은 언니가 찾아오곤 했다. 영수는 그래서 다행이라 생각했다. 엄마가 언니까지 함께 버려 줘서.

"난 이해가 안 되는 건 아냐."

알코올중독이냐고 화를 냈던 언니마저 맥주를 꺼내 마시며 말했다.

"미쳤어? 누나가 무슨 부처라도 돼? 누굴 이해한다는 거야?"

"너도 알잖아. 돈이라는 게 그래. 돈이 없으면 인간은 인간이길 포기하게 되는 거야."

영수는 헷갈렸다. 언니가 돈 때문에 자신을 버린 엄마를 이해한다는 건지, 돈 때문에 죽은 새엄마를 버리는 이들을 이해한다는 건지. 어쩌면 둘 다일 수도 있고, 또 어쩌면 이렇게 새벽에 모여 해결은커녕 화만 내고 있는 그들 자신일 수도 있었다.

"근데 넌 그걸 듣고만 있었어? 욕이라도 한 바가지 퍼부었어야지."

"오빠가 그랬잖아. 만만해서라고. 만만한 내가 무슨 욕을 했겠어?"

"아주, 지 오빠한테만 여포지."

오빠는 답답하다는 듯 맥주를 마시려 했다. 어느새 한 캔을 다 비웠는지, 남아 있지 않은 캔을 흔들더니 캔을 구겼다. 그러곤 또 하나를 꺼냈다.

어쩐지 영수는 줄어 가는 맥주만 아까웠다.

진지하게 맥주 한 모금을 마시던 언니가 물었다.

"당뇨라고 했다고?"

"응."

"우리도 조심해야겠네. 당뇨 유전이잖아? 우리 은호는 괜찮겠지?"

"씨발, 아주 좋지도 않은 것들은 다 주고 갔네."

오빠가 맞받아쳤다.

세 사람은 당장의 급박함 때문에 모였으면서도 본론으로 들어가지 못한 채 다른 말들만 주절주절 늘어놓았다.

오빠는 딩크를 약속하고 결혼했던 새언니가 갑자기 아기가 갖고 싶다고 하더니 세 달 전부터 시험관 시술을 시작했다고 했고, 언니는 은호가 새 어린이집으로 옮겨야 하는데 대기가 영 빠지지 않는다며 걱정했다. 그러다 정부 지원금은 얼마나 나오는지, 이사를 가야 하는 건 아닌지, 남자가 육아휴직을 해도 승진에 타격이 없는지, 주변 사람들은 어떻게 사는지에 대한 이야기로 옮겨 갔다. 엄마의 죽음 따위 온데간데없고 명절에 모여서 서로의 안부를 묻는 것과 같은 모양새가 되었다. 그렇게 늘 마지막에 이르는 과정에 도달했다.

"그래서 김영수, 너 대체 언제까지 이렇게 살 거야?"

인생도 미래도 알 수 없는 법이라, 영수가 언제까지 이렇게 살 것인지에 대해선 영수 역시 아는 바가 없었다.

그래 결심했어! 지금부터 다르게 살 거야!

주먹을 쥐고 외친다고 해서 배경 음악이 깔리며 다른 인생이 펼쳐지는 게 아니었다. 두 가지 선택지를 놓고 선택할 수 있는 것도, 어느 쪽이 더 좋을지 미리 체크할 수도 없었다. 오래전 예능 프로그램을 떠올리며 상상의 나래를 펼친다는 것만으로도 인생을 바꾸기엔 너무 늦어 버렸다는 생각이 들었다. 지금과는 다른 삶을 꿈꾸며 함께 오디션을 보는 어린 친구들은 전혀 모르는 예능이었으니까. 인생극장이었던가.

영수는 늘 이런 식으로, 유치한 상상을 하며 현실은 물론 다가올 미래까지 외면하곤 했다.

일찍이 평범한 인생을 살기로 결심한 언니 오빠와 달리 영수는 특별하고 화려한 삶을 꿈꿨었다.

개명하지 않았던 건 이름에 대한 궁금증 때문이 아니었다. 배우로서, 남자 이름을 갖고 있으면 반전을 꾀할 수 있겠다고 생각했기 때문이었다. 영수라고 했는데 청순한 이미지의 여자가 나타났을 때, 혹은 여자인지 남자인지 헷갈리는 중성적인 매력을 뽐내는 이가 나타났을 때, 호감도가 상승할 거라 믿었다. 물론 이러한 믿음은 단 한 번도 기대에 부응한 적이 없다.

"남잔 줄 알았네요."

한마디가 전부였으니까.

어쨌거나 언니 오빠도 10년 전에는 지금처럼 영수의 미래를 걱정하진 않았다. 세 남매 중에 가장 외모가 뛰어나기도 했고, 알바든 단기 계약직이든 회사를 꾸준히 다니긴 했으니까. 문제는 꾸준히 다닌다고 유지가 되는 게 아니라는 거였다. 특별한 기술이 없었으니 경력은 경력이 되지 못했고, 잘 다니다가도 오디션이 있거나 출연 기회가 생길 때면 과감히 포기했다. 어쩌면 늘 끝을 생각해서 끝나 버린 건 아닐까. 꿈을 이루지 못한 상황을 생각하는 바람에 이루지 못하는 건 아닐까 의심이 들기도 했지만, 딱히 그런 것은 아닌 것 같기도 했다. 될 일은 되고 안 될 일은 안 되는 거니까. 그저 영수가 안 되는 사람일 뿐인 거겠지. 그렇게 영수는 더는 연기를 하지 않겠다고 결심한 터였다. 문제는 그다음이었다. 어떻게든 포기하고 있지 않을 때는 다음 계획을 세울 수 있었는데, 포기하고 나니 계획을 세울 수가 없었다.

돈을 벌어야 하긴 하는데, 그러니까 그 돈을 대체 어떻게 벌어야 할지 알 수 없었다. 간간이 아르바이트를 하긴 했지만, 아르바이트로 평생을 살아갈 수 있을까. 이렇게 원룸에서 맥주나 마시면서 살 수 있으면 되는 건가.

영수는 지금이야말로 엄마를 이해할 수 있을 것 같았다.
"알겠다."
"뭘 알겠다는 거야?"
"엄마는 어떻게 살아야 할지 몰랐던 거야. 그래서 그렇게 간 거지."
두 사람은 잠시 말이 없었다.
침묵을 깬 건 오빠였다.
"대단한 발견 하셨다."
언니마저 맥주 한 캔을 비운 뒤, 새 캔을 꺼냈다.
"우리끼리 날 세울 일 아냐. 어떻게 해야 될지나 생각하자."
"어떡하긴 뭘 어떡해. 우리가 화장을 왜 하는데? 평생 누리고 산 새끼들이 해야지."
"그 새끼들이 못 하겠다고 내뺀 거 아냐."
"못 하겠다고 하면 지들이 어떡할 건데? 우리가 호적에 남아 있기나 해? 그 새끼들이 법적 자식이야. 유산은 유산대로 챙길 거 아냐."
언니는 한숨을 내쉬었다.
"법적 자식이면 뭐 해. 빤한 거 아냐? 평생 엄마 대접이나 받았겠어? 그리고 유산이 있었으면 끝에 저렇게 내던지겠어?"
"그래서 우리가 엄마 대접해 주자는 거야? 엄마 되니까 갑자기 이해심이 바다처럼 넓어지기라도 했어?"
영수는 두 사람의 싸움을 보고 있자니 차라리 자신에게 화살이 쏟아지는 편이 낫겠다 싶었다.

"나 연기 관두려고."
두 사람은 싸움을 멈추고 동시에 영수를 쳐다보았다.
신기했다. 쌍둥이라고 하지만 전혀 닮지 않은 이란성이었는데, 이럴 때 표정만큼은 똑같았다. 마치 한 사람이 둘로 나누어져 쳐다보는 것만 같았다. 그래서일까. 가끔 언니와 오빠가 부러웠다. 어쩐지 두 사람은 연결되어 있는 것 같은 기분. 그래서 영수 자신처럼 혼자라는 느낌은 아닐 거라는 기분. 물론 그 덕분에 두 사람이 영수를 더 챙기긴 했지만. 그렇다고 간극이 줄어들진 않았다.
"잘 생각했네."
오빠가 말했다. 그러자 언니가 말을 이었다.
"계획은 있어?"
"이제 세워야지."
"아주 대단하다 대단해. 방구석에 앉아서 술이나 먹고 있으니까 생각이 날 리가 있어? 혼자 처박혀서 악플이나 쓰고 그러는 거 아니지?"
"오빤 나를 대체 어떻게 보는 거야?"
영수는 어이가 없었다.
"그리고 지금 내 술은 언니 오빠가 다 마시고 있거든?"
"치사하게 맥주 두 캔 가지고. 두 배로 갚을 테니까 걱정하지 마."
"세 배로 갚아. 여섯 개 세트니까."
오빠가 어이없다는 듯 코웃음을 쳤다.
세 남매의 사이가 나쁘지 않다는 것에 어떤 사람들은

버려져서 지들끼리라도 똘똘 뭉치는 거라고 했고, 어떤 이들은 연기일 거라고 했다. 하지만 어느 쪽도 답이 아니었다. 그저 굳이 싸울 필요가 없었을 뿐이다. 반항을 한다고 해도 서로에게 화풀이해 봤자 소용없다는 것쯤도 알았다. 각자 살기 바빴고, 누구도 자신의 인생을 대신해 줄 수 없다는 걸 알았을 뿐이다. 어쩌면 엄마의 죽음이 그들의 삶에 비집고 들어오지 못하는 것도 그래서일지도 모른다. 지난 과거에 휩쓸리기엔 현실이 너무 팍팍했다.

"너무한 건가?"

"너무하긴 뭘 너무해. 맥주 그거 얼마나 한다고."

영수의 말에 언니가 받아쳤다.

"아니, 지금 우리 말이야. 그래도 엄마가 죽었다는데, 눈물 정도는 나와야 하는 것 아닌가? 우리 다 사이코패스 테스트라도 해야 되는 거 아냐?"

순간 언니와 오빠가 멈칫하는 게 보였지만 이내 오빠가 고개를 내저었다.

"너 연기 관둘 거면 빨리 관둬. 쓸데없는 생각만 늘어 가지고."

그렇게 말하는 오빠 역시 찝찝한 얼굴이었지만 사이코패스이든 뭐든, 울음바다가 되는 것보다는 낫겠다 싶었다. 전화를 받기 전까진 엄마에 대해 생각조차 안 하고 살았으니까. 피가 물보다 진하다는 건 글쎄, 그 피가 몸 안에 돌고 있을 때나 가능한 얘기랄까. 그에 대해 언니는 얘기하고 싶지 않았는지 말을 돌렸다.

"일단 확인부터 해 보자. 너 문자 온 거 봐 봐."

언니는 장례식장으로 곧장 전화를 걸었다.

전화를 걸어 온 여자의 말은 사실이었다. 서울의 화장터에 비해 죽은 사람이 너무 많아서 대기가 길어지고 있다고, 영안실마저 빼 줘야 하기 때문에 다른 지역으로 옮겨서 화장을 하는 방법밖에 없다고 했다. 이송비가 추가되는 것은 물론 화장 비용 역시 10배가 든다고. 그 부분에 대해선 절대 네고가 되지 않는다고 덧붙였다. 관을 이송하는 게 보통 일이 아니라며. 그는 묻지도 않은 고인의 존엄성에 대해 한참을 떠들어 댔다. 고인을 훼손할 마음은 전혀 없지만, 원칙에 의해 영안실에서 뺄 수밖에 없다고, 의지로 막을 수 있는 일이 아니라고, 다른 시신들은 이미 이송 절차를 밟고 있다며 몇 번이고 강조했다. 장례식을 치른 유족에게 전화를 걸라고 하니, 다른 연락처는 남기지 않았다며 유일하게 적힌 번호는 영수의 번호뿐이라고 했다. 그 모든 말들이 스피커폰을 통해 방 안에 울려 퍼졌다.

"그 새끼들 고소해야 되는 거 아냐? 시신 유기 아냐?"

오빠가 흥분하자마자 장례식장 직원은 전화를 끊어 버렸다.

이렇든 저렇든 흥분하는 건 딱 질색이었지만 오빠의 말이 틀린 것도 아니었다. 돈을 내기 싫어서 시체를 내던지다시피 한 것이었으니까. 영수는 언젠가 아르바이트했던 가전제품 매장에서 1년 보증기간에 맞춰, 364일을 써 놓고 문제가 있다며 환불을 요구했던 손님이 떠올랐다. 이미 상당히 사용해서 환불은 안 된다는 말에도 됐고, 반납할게요.

당당하게 외치던 그 손님을. 그때도 지금도 판 적도 없는 물건에 책임을 져야만 한다는 사실이 꽤나 억울했다. 어째서 인생은 저지르지도 않는 일의 책임을 요구하는 걸까.

"자식새끼들이 그 모양이면, 영감한테 데려가라 하면 되겠네."

오빠의 해결책에 영수가 맞장구를 치기도 전에 언니가 말했다.

"죽었어."

"뭐?"

"그 인간 죽었다고. 죽은 지 5년도 더 됐을 거야."

"누나가 그걸 어떻게 알아? 설마 엄마랑 연락하고 지냈어?"

이제까지와 달리 오빠는 배신감이 가득한 표정으로 물었다. 소리치지도 않고 목소리를 꾹 누른 채로.

언니는 침착하게 고개를 내저었다.

"결혼할 때 딱 한 번 연락이 왔었어. 네 남편은 꼭 오래 살길 바란다고."

"미친."

언니는 피식 웃은 뒤, 맥주 한 모금을 마셨다.

"그땐 저주라도 하는 건가 싶어서, 엄마가 상관할 바 아니라고 했는데…… 은호 낳고 나니까 저주는 아니었구나 싶더라. 엄마로서 나한테 해 줄 수 있는 유일한 말이었구나 싶기도 하고."

"이해할 걸 해라."

"가끔 무섭거든. 그 사람 죽으면 은호를 혼자 어떻게 키우나 싫어서."

그제야 오빠는 입을 다물었다.

엄마가 전화한 적 있다는 사실을 못 견디겠는 건지, 언니가 엄마를 이해한다는 게 못 견디겠는 건지 오빠는 갑자기 벌떡 일어서서 방을 나가 버렸다. 따라 나가 보려 했지만 언니가 그러지 말라는 듯 고개를 저었다. 언니는 묵묵히 맥주를 마셨다. 한참 후에야 언니가 말했다.

"엄마가 좀 불쌍하다고 하면 내가 미친 건가?"

영수는 대답하지 않았다.

그런 것 같기도 했고, 아닌 것 같기도 했다.

결국에 엄마도 버림받았다는 사실에, 끝내 행복하지 못했다는 사실에 안쓰러운 마음이 들면서도 어쩐지 마땅한 대가를 받은 것 같기도 했다. 그도 그럴 수밖에 없는 게, 영수는 엄마의 전화를 받은 적도, 영수가 오빠처럼 엄마를 찾아간 적도 없었다. 엄마가 새 남편이 운영하는 만둣집에서 같이 일했다는 사실과 그 남자의 두 아이만 키웠다는 사실만 알 뿐이었다. 어떤 사정이 있는지에 대해선 전혀 아는 바가 없었다. 가게에서 엄마는 웃고 있었는지, 인상을 쓰고 있었는지, 무심한 엄마였는지 세심한 엄마였는지. 버리고 간 자식이 마음에 걸렸는지, 조금이라도 미안해하긴 했는지, 완전히 잊고 살았는지, 오빠에게 어떤 표정을 지었는지, 무슨 말을 했는지 아무것도 몰랐다. 적어도 영수가 제정신일 수 있었던 건 그 모든 것을 알려고 하지 않았기 때문이라 여기며 살아왔을 뿐이다. 지금도 마찬가지였다. 엄마가 어떤 삶을 살았는지 알 수 없었기에 엄마를 마냥 원망할 수도, 그렇다고 마음껏 슬퍼할 수도 없었다. 영수에게 엄마는 '엄마'라는 호칭으로만 존재했다. 엄마가 뭘 좋아하는 사람이었는지, 일상의 시간은 어떻게 보냈는지, 성격은 어땠는지, 엄마의 감촉도 냄새도, 자신을 바라보았던 마지막 표정조차도 영수의 기억엔 남아 있지 않았다. 영수와 달리 언니는 온갖 감정들이 소용돌이치는 것을 애써 누르고 있는 얼굴이었다.

언니는 씁쓸한 미소를 지었다.

"나도 가끔 그렇거든."

"……."

"다 버리고 도망치고 싶어져. 그렇다고 또 다른 삶 속으로 들어가고 싶은 건 아니지만. 엄마는 이 지옥이 아닌 저 지옥으로 가면 조금은 나을까 싶었던 거겠지. 그거 알아? 엄마가 우릴 버리고 간 나이가 지금 내 나이라는 거?"

영수는 심장이 덜컥 내려앉았다. 언니가 대체 지금 무슨 소리를 하는 건가. 언니는 빤히 쳐다보는 영수의 시선을 피하지 않았다.

"난 안 키워 줄 거야."

"우리 은호 안 키운다고?"

"응, 언니가 버리고 가면 안 키울 거야."

무심히 내뱉은 말이었지만 그제야 영수는 깨달았다.

자신이 평생 원망한 건 엄마가 아닌 할머니였다는 것을. 할머니가 없었다면, 엄마가 자신을 버리는 일도 없었을 거라는 걸. 그러니까 외할머니에게 화를 내면 될 뿐, 굳이 엄마를 찾아가지 않아도 되었다는 걸. 그렇게 늘 내 곁에 있는 이들에게, 여전히 머물고 있는 이들에게 화를 내며 삶을 버텨 왔다는 것을. 가질 수 없는 것이 아니라 가질 수 없어도 살아갈 수 있도록 만드는 것, 손에 들어오는 것에 화를 내며 버텨 왔다는 것을.

그런 영수의 마음을 알고 있다는 듯 언니는 고개를 끄덕였다.

"이제 어떡할 거야?"

"나야 언니 오빠가 하자는 대로 해야지."

"그거 말고. 연기 더 안 한다며, 취직하게?"

"몰라. 아직 생각 안 했다고 했잖아. 결혼이나 할까?"

"결혼할 사람은 있고? 아니지, 있다고 해도 그런 생각은 하지도 마. 결혼을 도피처로 삼는 것만큼 멍청한 짓도 없으니까. 이 꼴을 보면서도 넌 그런 말이 나오니?"

영수는 어깨를 으쓱했다.

딱히 그럴 마음도 없었지만 그냥 내뱉은 말이었다. 어떤 세상이건 멍청이는 있기 마련이고, 언니 역시 요즘 같은 세상에 혼자 아이를 키우는 게 무섭다고 하지 않았냐고 받아칠 수도 없었으니까 할 수 있는 말도 없었다.

언니는 한숨을 내쉰 뒤 말했다.

"생각날 때까지 은호 좀 봐. 어린이집 하원도 시키고, 아르바이트비 줄게. 어차피 쓸 돈 아줌마 쓰는 것보다 이모가 낫지."

순간 두려움이 몰려왔다.

이번에도 언니는 영수가 느끼는 두려움을 눈치챘다는 듯 말했다.

"도망치려는 거 아냐. 도망치지 않으려고 그러는 거니까 협조해."

어쩐지 지금이야말로 도망치고 싶다는 생각이 드는 찰나, 화를 내며 나갔던 오빠가 돌아왔다. 오빠의 손에는 쓰레기봉투가 들려 있었다.

"슈퍼를 털 거면 맥주나 사 올 것이지, 이게 다 뭐야?"

5리터 종량제 봉투 안에는 아이스크림이 잔뜩 들어 있었다. 오빠는 그중에서 아이스크림콘을 꺼내 영수와 언니에게 하나씩 내밀었다. 자기 것도 하나 꺼낸 뒤, 남은 아이스크림을 냉동실에 넣었다. 그러다 영수가 냉동실에 넣어 둔 담배를 꺼냈다.

"김영수, 아주 가지가지 한다. 이젠 냉장고에 담배까지 넣어서 피우냐?"

"끊으려고 숨겨 둔 거야."

"인생 막살지 말자."

"담배 냉동실에 넣어 두면 인생 막사는 거야?"

영수는 괜한 짜증을 부렸다.

두 가지 명제에 인과관계가 성립하는 건 아니었지만 영수가 막사는 것도 담배를 피우는 것도 사실이긴 했으니까. 무엇보다 걱정으로 하는 말이라는 걸 알고 있었으니까. 오빠는 늘 그랬다. 엄마를 만나고 화가 잔뜩 나서 들어온 날이면 그 어떤 날보다 영수에게 잘해 줬다. 마치 자신

때문에 영수가 버려지기라도 한 것마냥. 잔소리를 하다가도 영수가 내는 짜증은 다 받아 주곤 했다. 그 이상한 책임감이 싫으면서도 좋았다.

오빠는 아이스크림을 한 입 베어 먹더니 말했다.

"영수 너는 기억 안 나려나? 할머니가 늘 그랬어. 뭔가 걱정거리가 생기면 아이스크림 잔뜩 사 들고 와서, 방법이 생각날 때까지 먹었어. 그러다 뇌까지 얼얼할 때쯤이면 결정했지. 엄마가 우리 버리고 간 날도 그랬어."

기억이 날 듯 말 듯 나지 않았다.

그날 할머니가 아이스크림을 먹었던 것 같기도, 아닌 것 같기도 했다. 정말이지 이상한 해결법이라 생각하면서도 영수도, 오빠도, 언니도 열심히 아이스크림을 먹었다. 냉동고에 가득 찬 아이스크림을 다 먹고 나면 방법이 떠오르기라도 할 것처럼.

아이스크림을 세 개째 먹은 뒤 영수가 먼저 항복 선언을 했다. 골이 띵하고 이도 시렸다. 가슴까지 차가워지는 기분이었다.

"난 더 못 먹어. 방법도 모르겠으니까 언니 오빠가 결정해."

언니는 한숨을 내쉬었다.

"나도 그만 먹을래. 감기라도 걸리면 큰일 나. 은호한테 옮기면 안 돼."

두 사람이 포기 선언을 한 뒤에도 오빠는 아이스크림 세 개를 더 먹었다. 냉동고에 아이스크림이 딱 하나 남았을 때였다.

오빠는 아이스크림을 꺼내려다 말고 말했다.
"방법이 없네."
그러자 언니가 기다렸다는 듯 덧붙였다.
"화장은 해야지."
"세상을 개판으로 만들 순 없지."
엿을 먹어도 세상을 개판으로 만들 순 없었다. 그 엿 같은 지론은 엿 같은 사람이 되지 않는 유일한 방법이었다.
그제야 할머니를 이해할 수 있었다.
세상을 개판으로 만들지 않는 것이 자신이 다른 사람이 될 수 있는 하나의 선택이라는 것을. 수동적인 것이 아닌 주체적으로 나아가는 첫걸음이라는 것을. 비록 뇌가 얼얼해지도록 아이스크림을 먹더라도 말이다.
물론 마음만 먹는다고 전부 해결되는 건 아니다.
"돈은 어떻게 해? 10배니 뭐니, 추가 비용 내야 된다며. 누나랑 내가 같이 하면 되나?"
영수는 다행이라 생각하면서도 자신은 당연한 듯 쏙 빼놓는 게 괜히 서운했다. 발끈한다고 해서 없던 돈이 생기는 것도 아니라서 잠자코 있었다.
"돈 좀 있나 봐?"
예상과 달리 언니가 웃으며 물었다.
"있긴 뭐가 있어. 주식 넣은 것도 반 토막 났는데. 이럴 줄 알았으면 코인이나 하는 건데."
"코인 같은 소리 하고 있네. 괜히 그런 거 건드릴 생각도 하지 마. 네 성격에 전 재산 말아먹기 딱 좋아."

"누난 대체 날 뭘로 보고."

"아주 제대로 잘 보고 있지. 돈 낼 필요 없어."

"누나가 다 하게?"

언니는 천천히 고개를 저었다.

"할머니는 이렇게 될 줄 알고 있었을지도 모르겠다는 생각이 드네."

"그게 무슨 소리야."

"할머니가 준 통장 있어. 꼭 써야 할 때가 올 테니까 그때까지 내가 가지고 있으라고. 장례비까지 될 거야."

오빠는 놀란 기색이었지만 아무 말도 하지 않았다.

할머니는 정말 알고 있었을까. 그럼 엄마가 어떤 대접을 받고 있는지도 알고 있었던 걸까. 아니면 세 남매가 얼얼할 정도로 힘든 일이 없기를 바란 걸까. 그러고 보면 할머니는 나서는 법은 없어도 피하는 법도 없었다. 어떤 상황에서도 손주들을 사지로 내몰지 않았다. 돌아가실 때에도 자신의 장례비는 물론 장례식장까지 완벽하게 준비해 놓고 떠난 터였다. 그런 할머니 때문에 마음껏 처지를 원망할 수도 없었다. 때로는 그 사실이 더 원망스러웠지만 여전히 끝에 다다르면 원망할 수 없게 된다. 영수는 괜히 아이스크림을 하나 더 먹었다. 이번에야말로 머리가 깨질 것 같았지만 묵묵히 마지막까지 먹었다.

동틀 무렵이 되어서야 세 사람은 원룸을 빠져나왔다.

차에 타기 전 오빠의 휴대전화에 알람이 울렸다. 메시지를 확인한 오빠가 언니를 보며 말했다.

"은호 옷 버리지 마. 장난감도 전부."

대체 무슨 소리를 하는 건가 싶은 영수와 달리 언니는 오빠의 어깨를 툭 치며 축하한다고 말했다.

그 모습에 영수는 할머니가 아이스크림을 먹던 순간이 떠올랐다.

아이스크림 막대만 남았던 그 순간, 할머니가 했던 그 말이.

"우리끼리 어떻게든 해 봐야지 뭐. 세상에 해결 못 할 일이 어디 있겠어. 산 사람은 다 살게 마련이야."

어쩌면 할머니는 조금 더 이른 이별을 했을지도 모르겠다는 생각이 들었다. 할머니가 했던 말은 가장 슬픈 말인 동시에 후련한 말이라는 것을. 영수는 오빠의 차에 올라타는 순간 어쩐지 눈물이 찔끔 나왔다.

동네에 타코 맛집이 있다. 지나갈 때마다 길게 늘어선 줄을 보며 언젠가 가야지 미루고만 있었다. 궁금하지만 엄두가 나지 않았달까. 그날은 문득 도전하고 싶어졌고, 저녁 시간이 되기 전에 친구와 함께 방문하게 되었다. 우리가 갔을 땐 이미 기다리는 이들이 있었지만 일행이 전부 와야만 입장할 수 있다는 레스토랑의 규칙 아래 친구와 나는 도착하자마자 먼저 입장하는 행운을 누렸다. 그렇게 안내를 받고 있을 때 전화가 왔다. 어수선한 분위기에 전화를 받진 못했지만 부재중 전화를 보는 순간 알았다. 오지 않을 확률이 더 높은 연락이 왔다는 것을. 기다림은 언제나 마음을 울렁거리게 만든다. 그렇게 나는 한껏 들뜨고 말았다.

느닷없이 걸려 온 전화로 시작하는 소설을 쓰고, 수상 소감으로 전화를 받은 이야기를 쓰게 되었다. 재밌는 일이다. 따지고 보면 굳이 의미를 찾을 필요가 없는 별개의 일이긴 하다. 그럼에도 불구하고 어떤 일은 마치 운명처럼 느껴진다. 하필 그날 평소라면 하지 않았을 결심을 했고, 기대치 않았던 행운을 만났고, 기다리던 전화를 받았다는 것. 닫혀 있던 문이 열리는 기분. 한껏 좋아해야 마땅한데, 이럴 때면 늘 조심하게 된다. 우리에겐 「운수 좋은 날」의 DNA가 있으니까. 한껏 들떴다가 또 다른 일을 마주하게 될지 모른다는 불안감이 슬며시 고개를 드는 것이다. 그래서일까. 그날 식사 내내 기분이 좋았지만 조금 전 들은 소식에 대해선 굳이 말하지 않았다. 다행히도 혼자서 기쁨을 간직하는 기분이 썩 괜찮았다. 나의 수고를 나 혼자 소화할 시간이 어쩌면 꼭 필요했을지도 모르겠다.

소설을 쓴 지도 꽤 시간이 흘렀다. 기다리던 소식을 받지 못하는 날들을 지나, 한 차례의 당선을 거쳐 활동한 지도 몇 년이 되었다. 좋은 일도 있었고 힘든 일도 있었다. 그럼에도 문학은 내게 쉽사리 닿지 않는 무언가였던 것 같다. 꽤나 애를 쓴 것 같은데, 애쓸 날들이, 아니 애쓸 날들만 남은 것 같기도 했다. 그렇기에 이 상이 앞으로도 열심히 애써 보라고 주는 위안이자 응원처럼 느껴진다. 모든 건 적절한 때가 있다는 게 사실일까. 꽤 긴 시간 동안 간직하던 소설이었다. 내가 쓰는 모든 것들이 세상 밖으로 나올 수 있는 건 아니라는 걸 잘 알고 있기에 더없이 소중하게 느껴진다. 세상 밖으로 건져 준 심사위원분들과 관계자분들에게 진심으로 감사드린다.

글을 쓰기 시작했을 때와 달리 어느덧 내게도 동료들이 많이 생겼다. 글은 혼자 쓰는 것인 줄 알았는데, 함께 쓰는 것이라는 걸 배웠다. 손을 잡아 준 동료들에게 늘 애틋한 마음이다. 언제나 깊은 응원과 가르침을 주시는 김민정 교수님과 부족한 내게 아낌없는 찬사를 내어 주는 친구들, 내가 마음껏 쓰러질 수 있도록 버텨 주는 나의 가족에게 진심 어린 감사와 애정을 보낸다. 이토록 노골적인 감사 인사를 드릴 수 있다는 사실이 한없이 기쁘다. 평소에는 쉽사리 전하지 못하는 마음인지라 소중한 지면을 빌려 전한다. 글이라는 게 참 이상하다. 내 삶을 괴롭게 만드는 것 같은데, 한없이 감사하게 된다. 그 마음 앞에 내가 할 수 있는 일은 당신의 시간을 빼앗지 않도록, 그 시간이 후회까지 이르지 않도록 최선을 다하는 것뿐이라 생각한다. 앞으로도 좋은 글을 쓸 수 있도록 내 시간을 아낌없이 내어 주려 한다.

이서현

2020년, 교보문고 스토리 공모전에서 대상을 받았다. 장편소설 『펑』, 소설집 『망생의 밤』, 연재소설 『리얼 드림즈 여자 야구단』을 썼다. 언제까지나 '꾸준히 소설을 쓰는 사람'이고 싶다.

가작

장진영

날아갈 수 있습니다

헬륨 풍선 자판기 아래쪽에 한 문장이 붙어 있었다. 전엔 보지 못했다. 새로 붙였거나 이제야 발견했거나. 그럴 만했다. 허리를 수그리고 얼굴을 바짝 댔다. 어린아이 눈높이.

날
아
갈

수

있
습
니
다
.

A4 사이즈 용지에 인쇄된 글자는 10포인트, 바탕 아니면 명조, B는 주지 않았고, 가운데 정렬을 할 줄 모르든지 하지 않았다 바보 같네.

대영이는 한쪽 호주머니 안에서 동전을 절그럭거리며 문장을 바라보았다. 대영이는 그 외설적인 행동에 내가 얼마나 환장하는지 모르는 것 같다. 설마 동전을 주입하고 싶은 거야? 저 어처구니없는 헬륨 풍선을 갖고 싶은 거야? 그러나 대영이는 풍선이 아니라 문장을 바라보고 있었다.

읽는 게 아니라 바라본다. 대영이는 허리를 숙이지 않아도 된다. 어린아이 눈높이. 나는 문장을 바라보는 대영이의 정수리를 바라본다. 무언가를 가늠하는 것처럼 보였다.

우리는 밤의 골목에 있었다. 어둠의 한구석, 미소 짓는 하얀 이만 보일 것 같은. 호주머니 속 지갑에는 관심 없고 영혼에만 관심 있을 것 같은. 공사장 인부로 보이는 남자가 어둠 속에서 포대 자루 안에 든 것을 망치로 두들겨 패고 있다. 에탄올 냄새, 혹은 태우면 안 될 무언가를 태운 냄새가 난다. 글로발 환전소, 유리가게, 수어통역센터, 원주민철물, 동명천막·닥트(017로 시작하는 번호가 적혀 있다), 24시 불한증막(나인투식스로 연다), 부라더미싱, 장미마켙, 폐백·이바지(배터리만 판다), 법성포 영광굴비, 방문요양센터, 무슨무슨 교회(신천지), 영진제화(장수벌꿀도 판다), 애견할인점(?), 발로 밟는 2in1 에어로켓&풍향풍속계 만들기 창의과학탐구센터. 환상적. 다 닫았고 영원히 닫혀 있을 것 같다. 간판 불빛에 기대 볼 수 없다는 이야기. 며칠 전 홍시색 가로등 불빛이 너무 분위기 있고 마음에 들지 않아서, 조금 더 세련된 주광색 등을 새로 달아 주실까 싶어, 벽돌 조각을 던져 깨 버렸는데 기대했던 일은 일어나지 않았다. 늘 그랬던 것처럼. 대신 선물처럼 헬륨 풍선 자판기가 당도했다. 비할 데 없이 환한 LED 조명. 뭐 그리 축제라고 눈치 없고 난데없었다.

처음에 나는 돈 많고 약간은 사회 운동가인 한 예술가의

실험 겸 행위 예술이거나 시에서 운영하는 마음 따뜻한
도시 재생 및 방범의 한 종류라고 추측했다. 사람들은
자꾸 그런 멋진 일들을 꾸미곤 하니까. 좀 잦고, 좀 많아서
문제지. 괜찮으니까 제발 좀 내버려둬 주세요. 지난번엔 무슨
사진작가라는 양반이 무지막지한 카메라를 들고 와서는 온
동네를 들쑤시고 다니더니 <밑과 및>이라는 제목의 개인전을
열었다. 나는 어쩌다 어중간히 유명한 래퍼의 페이스북에
공유된 대영이의 잿빛 발목을 알아보았다. 나는 사진작가
양반의 계정에 들어가 메시지를 보냈다:

안녕하세요, 사진작가 선생님. 선생님은 병신, 아니
죄송해요, 등신입니다. 안녕히 계세요.

병신은 물론 대영의 하반신이고요, 라고는 쓰지 않았다.
내가 갖지 않은 것을 가지고 으스대고 싶지 않다.

내가 알기로 자판기의 헬륨 풍선은 단 하나도 팔리지
않았다. 팔릴 거라는 기대도 없어 보인다. 짧으면 하루 길면
이틀에 한 번씩 교체되었으므로 바람 빠져 흐들거리는 일
없이 싱싱했다. 외출은 잦지 않았으나 오며 가며, 빠짐없이,
특히 밤에 더욱, 자판기 앞에 서 있게 되었다.

나는 자랑스러운 어른스러운 어른의 눈높이로 납골당을
연상시키는 정방형의 칸에 이마를 대고 안을 들여다본다. 왜
창을 이리 높이 두었나. 그야 돈을 지불하는 건 어른이니까.
디즈니 공주(언제까지?), 마블 히어로(그렇고말고),
카카오프렌즈(출세했네). 만지면 뽀득거리거나

파스락거리면서 양쪽 볼에 소름을 돋게 할 것 같다. 하나같이 천장에 달라붙어 있는 모양새가 어딘가 징그럽다. 날아가고 싶구나. 딱한 것들. 풍선에 매달린 실이 해파리 다리처럼 이리저리 흐느적거린다. 실의 끝에는 쇠로 된 도넛 모양 고리가 번쩍거리며 바닥에 납작 누워 있다. 칸마다 설치된 네온등이 푸르고 시리다. 눈이 멀지도 멀어질지도 모른다.

다시 보니 종이에 인쇄된 글자가 어물어물하다. 전에 무슨 기가 막힌 광고를 본 적 있다. 버스정류장 광고판에는 행복한 가정의 모습. 아래에서 위를 올려 보는 각도에서만 아이는 맞아서 울고 있다. 걱정 말고 가정 폭력을 신고하라는 공익광고였다. 나는 그 광고의 탁월함을 공유한 이를 찾아내 응징하고 싶었다. 앞으로는 가정 폭력을 일삼는 부 또는 모가 허리를 꺾어 아래에서 위로 올려다볼 수 있게 되었다.
그 아름답고 비밀스러운 광고가 폐기 처분될 위기에 처했음은 물론이다.

"날아갈 수 있다네." 나는 대영이 가진 각도로 나도 볼 수 있다는 걸 굳이 짚어 낸다.

"뭐가?" 대영이 묻는다. 호주머니 속에서 동전을 절그럭거리며. 손바닥에 코를 묻으면 철봉 냄새가 날 것 같다.

뭐가 뭐가야?

"눈 나빠져. 가자." 나는 애한테 하듯 말하고, 약간 후회한다.

오르막이 시작될 때쯤, 숨이 거칠어지려 할 때쯤 나는 대영이의 허벅지에 앉는다. 우리는 가는 둥 마는 둥 나아간다.

알아서 움직여 주는 의자가 마음에 든다. 요철을 만날 때 위아래로 들썩이며 성행위의 기분을 느낄 수도 있다. 엉덩이 쪽으로 신경이 떼 지어 몰려간다. 나는 대영이의 성기가 단단해지지 않는 게 서글프지만 그건 내가 매력적이지 않아서가 아니라는 걸 안다. 머리로는 알지만 마음은 한없이 쓸쓸하다. 이건 푹신한 온열 방석일 뿐이야. 대영이의 다리에는 온도가 있다. 움직임이 없다. 예전에 길에서 죽은 고양이를 본 적 있다. 피도 상처도 없었으나 바로 알 수 있었다. 자는 게 아니라 죽었다는 걸. 김은 모락모락 나는데 배는 부풀었다 꺼지지 않는 고양이. 죽었는데 따뜻한 고양이. 나는 몸을 떤다.

"방금 네 다리가 무섭다고 생각했어."

"소시지라고 생각해."

"전자레인지에 10초쯤 데운 소시지라고 생각해도 될까?"

"좋을 대로."

아주 경미한 사고였다. 찧고 까불다 그리되었다. 대영이가 먼저 한강 물로 뛰어들었고, 붙잡으려다 나도 뛰었다. 대영이만 다쳤다. 재판에 자기 자신을 소환할 수 있는가. 물로 뛰었는데 어떻게 다리를 다쳤는지 모르겠다. 대영이는 며칠 동안 식물인간이었다. 나는 흙을 반죽해 빚고 굽고 유약을 발라 다시 굽는 걸 몇 차례 반복한 청자 화분에 비옥한 진토를 산골짜기에서 구해 담아 와 그 위에 대영이를 바르게 눕히고 노란색 영양제를 두 개 꽂아 주리라 생각하며 툭하면 그 애의 손바닥 위에 눈물을 떨어뜨렸다.

대영이의 손바닥에는 수십 개의 반달 모양 손톱자국이 굳은살로 박여 있었다. 없는 걸 붙잡은 자국. 아영이의 작고 흰 손이 담겨 있던 자리. 내 손을 거기에 누여 보았다. 비좁구나. 아영이는 일곱 살이었고 대영이는 아홉 살에서 차곡차곡 자라서 장차 믿을 수 없이 시커멓고 커다란 어른(식물인간)이 되었다. 누구는 영원히 일곱 살이고 누구는 가만 놔두어도 공짜로 자라지는 게 이상하다고 언젠가 대영이는 말했다.

“어딘가에서 너보다 두 살 어린 아영 씨 아가씨일 거야.”

“아!” 대영이는 엄청난 사실을 알아 버린 대형견처럼 나를 순하게 바라보았다. 얼굴 위로 온갖 표정이 다 들렀다 갔다.

“네가 모르는 아영 씨 아가씨는 싫은 거지?”

대영이는 고개를 저으며 대답했다. “그런 것 같아.”

대영이가 아영을 잃어버린 일을 나는 좋아했다. 그 자리가 내가 누울 자리라고 여겼다. 몸을 둥글게 말고 누울 수 있다고. 이제 어디 눕나. 의사들은 지들끼리 무슨 꿍꿍이인지 소리 낮춰 얘기했고 고개를 저어 댔다. 나는 네 발로 기어가서 다리들 사이로 얼굴을 들이밀고 말들을 엿들었다. 알아들을 리 만무했다. 제발 속 시원히 얘기해 주세요. 내게도 슬픈 말을 들을 조금의 권리는 있답니다. 규칙적으로 요동치는 초록색 선이 편히 눕기를 기다리며, 미리 초상을 치르며, 나는 병실 분위기를 잡쳤다. 다른 환자 및 가족들이 우울증 약을 먹기 시작했다.

대영이는 열받아서 일어났다. 축축하다며 손을 쥐었다 폈다. 발에다가도 눈물을 떨어뜨렸더라면, 하고 나는 아주 나중에 후회하게 되었다.

"어떻게 나올 수 있었어?" 짐—보라색 플라스틱 무민 컵, 귀여운 욕실 슬리퍼(무민), 가위처럼 생긴 아동용 교정 젓가락(한 어린이가 신경질 내며 집어 던진 걸 주웠다), 참치 통조림(누가 줬다), 잡동사니, 살림살이, 신접살림은 아니고, 아무튼 거의 다 내 것—을 타포린 백에 쓸어 담으며, 나는 약간 가슴을 두근거리며 물었다. 내 지극정성이 대영이를 구출했을지도 모른다고 여기면서.

대영이는 마비되지 않은 상반신을 으쓱했다. "내가 있기에는 너무 근사했어."

코마 속은 온도도 습도도 적당해서 시름이 없었다고 한다. 아영이는 보지 못했다. 만약 보았더라면 하반신이 마비된 일이 그 애를 한 번 보는 대가로 여겨졌을 수도 있을 것 같아, 차라리 다행인 것 같다고 했다.

계단을 내려가기 위해 나는 대영이를 업는다. 키가 20센티미터만 작았더라면 더 좋았을 것 같다. 걸핏하면 걸려서 걸리적거리네.

'이건 조금 너무 기다랗고 무거운 두 개의 데운 소시지다…….'

"그래. 소시지."

"들렸어?" 나는 화들짝 놀란다.

"방금 말했잖아."

나는 대영이의 발목이 계단에 턱턱 걸리고 이리저리 꺾이는 걸 느낀다. 아픔을 느끼지 못하는 게 불행 중 다행이다. 대영이를 마지막 계단에 앉히고 다시 올라가 전동 휠체어를 밀어 떨어뜨린다. 알아서 잘 굴러 내려간다. 언젠가 대영이도 이렇게 굴려 보고 싶다. 반쪽짜리더라도 대영이 정도의 운동신경이라면 무릎 사이로 머리를 집어넣고 다리를 팔로 붙잡고 공처럼 굴러 내려갈 수도 있을 텐데. 대영이는 인생을 너무 편하게 살려고 한다. 하는 수 없이 나는 신체에 힘을 더 탑재해야 한다. 운동으로는 한계가 있어 곧 스테로이드를 맞을 생각이다. 기력을 위해 살도 10킬로그램 찌울 것이다(체력과 기력은 발원지가 다르다). 스테로이드의 부작용은 성기가 쪼그라들며 발기부전이 되는 것인데 다행히 내겐 그럴 성기가 없다. 만약 남자였다 하더라도 스테로이드는 맞았을 것이다. 나는 대영이를 더 잘 운반하고 싶다. 힘들어서가 아니라 그가 미안함을 느끼지 않아도 되도록.

나는 대영이를 다시 업고 문 앞까지 몇 걸음 걸어간다. 대영이는 목에 걸린 열쇠를 열쇠 구멍에 꽂아 돌린다. 내가 해도 되지만 시킨다. 열쇠가 들어가는 느낌이 척추로 전해지며 소름이 돋는다. 신발들을 헤집고 들어가 그를 방 안에 앉힌다. 휠체어를 방으로 올려 가지고 와 바퀴를 물티슈로 닦는다. 물티슈의 덜 더러워진 부분으로 바닥의 바퀴 자국도 지운다. 외출 뒤 신발은 씻지 않아도 되지만 바퀴는 씻어야 하는 게 귀찮고 힘들다기보다는 좀 이상하다. 나는 기진맥진해진다. 스테로이드가 필요하다.

대영이는 호주머니에서 지폐 쪼가리를 꺼내 내민다. 나는 쭈뼛대지 않고 받는다. 세지는 않는다. 한눈에도 나쁘지 않은 성적이라는 걸 알 수 있다. 빨간색 양갱 상자에 정리하지 않고 쑤셔 넣는다. 왜 동전은 내놓지 않고 악착같이 모으는지는 묻지 않는다. 업을 때 점점 더 무거워지는 걸 아는지 모르는지. 대영이는 사고 전에 춤을 추었는데 사고 이후로도 춤을 추었고 오히려 찾는 사람이 더 많아졌다. 상반신으로 하는 댄스. 나는 열혈 사생팬에서 매니저 겸 뒤치다꺼리하는 사람 겸 약간은 연인이 되었다. 의사가 온갖 어려운 말 뒤에 하반신 마비라는 알아듣기 쉬운 단어를 내뱉었을 때, 내가 대영이의 미래나 훗날이나 삶 같은 게 아니라 그의 춤을 걱정하고 있을 때, 그 애는 내 눈앞에 대고 섬약한 다섯 손가락을, 바닷속 어떤 가녀리고 신비한 생물처럼, 이루 말할 수 없이 아름다운 방식으로 움직여 보였다. 나는, 아마 그때 처음으로, 눈에서 나는 물이 아니라 눈물을 흘렸던 것 같다.

우리는 나란히 눕는다. 나는 대영이의 두 다리를 들어 반듯한 방향으로 놓고 그 옆에 눕는다. 나는 대영이와의 섹스를 상상하지 않으려 노력한다. 그가 상상을 꿰뚫어 볼 것 같아 걱정되고 부끄럽다. 아직 그의 열혈 사생팬이었을 때 나는 유튜브로 그의 영상을 틀어 놓고 옆으로 누워 자위하곤 했다. 대영이는 젊다기보다는 어렸고 언제나 부드러운 실크 소재의 블라우스를 입고 있었다. 겨드랑이와 목덜미에 땀이 나면 그대로 비쳤다. 막스 리히터, 윌리엄 볼컴, 에릭 사티, 시릴 스콧, 필립 글래스. 그는 양의 귀보다 나긋나긋하게 움직일 줄 알았다. 머리칼 끝에 땀방울이 맺혔다가 참지 못하고 떨어졌다. 나는 짧고 뾰족하고 팍 터지는 절정이 아니라 잔잔한 파도 같은, 종지감이 없어 언제까지고 지속될 오르가슴을 느낄 수 있었다. 대영이와 살게 된 이후로 나는 그때의 영상을, 그립지만, 찾아보지 않는다. 화면보다 진짜 몸이 더 만족스럽기 때문이 아니라 반대의 이유로.

"아영아."

"응."

"그렇게 주물럭대 봤자 아무런 느낌도 없어."

"느낌도 없는데 주물럭대는 건 어떻게 알았어?" 나는 약간의 희망을 엿본다.

"네 손바닥에는 느낌이 있을 테니까."

"응, 그래서 만지고 있어." 나는 과장된 신음 소리—야동에서 일본 여자가 형부나 행인이나 승객이나 아무튼 반쯤 범죄 느낌으로 당하는 장면을 연기할 때, 싫어하는 척하지만 내심 좋아하지만 실은 일이라서 진짜로는 싫어할 때 내곤 하는 콧소리—를 낸다.

창문으로 오소리의 실루엣이 비친다. 궁리하듯 콧잔등을 움직이다가 사라진다. 술 취한 걸음걸이도 비친다. 처음처럼이 아니라 참이슬을 마시는 자의 걸음걸이. 후레쉬가 아니라 오리지널을 마시는 자의 걸음걸이. 안이 아니라

밖에서 마신 자의, 아직 페트병이 아니라 유리병에 담긴 소주를 마시는 자의, 아직 입으로 직행이 아니라 종이컵에 따라 마시는 자의 걸음걸이. 정신을 붙잡으면 똑바로 걸을 수도 있지만 굳이 그럴 마음은 없는 걸음걸이. 헬륨 풍선 자판기의 엄청난 빛이 우리에게 각종 실루엣을 선물해 주었다.

"아영아."

"안 만질게."

"너는 너고 나는 나야." 대영이 말한다. 외국어를 배우는 사람처럼 단순하지만 생경하게. "너는 너고 나는 나야." 한 번 더 말한다. 아마도 첫 번째는 내게, 두 번째는 자신에게. "너는 언제든 나를 떠날 수 있어."

"여긴 내 집이야."

"나는 언제든 너를 떠날 수 있어."

"좋을 대로." 나는 돌아눕는다. 넌 이런 거 못 하지. 흰 벽 가득 두 발을 든 오소리 그림자가 이쪽을 바라보고 있었다.

이튿날에는 세브란스 소아암 병동 로비에서 공연했다. 아직 입김도 안 나는 계절인데 여기저기 크리스마스 소품으로 장식되어 있다. 어쩐지 소아암 병동은 기억 속이건 현실이건 늘 겨울, 그것도 전형적인 겨울이다. 병원 냄새는 나지 않는다. 언제부턴가 모든 병원에서 흔히 병원 냄새라 불리곤 하는 소독약 냄새가 일제히 사라졌는데 무슨 수를 썼는지 모르겠다. 대신 대영이로 채워졌다. 다리가 움직이지 않게 된 이후로 아프거나 늙거나 부모가 없거나 자식이 없는 이들, 정확히는 그들을 관리하는 자들이 대영이를 자주 찾기 시작했다. 어떻게 좀 더 쉽게 관리해 볼까 하는 심산에서. 버스킹이 아니라 초청, 특히 이런 초청인 경우에 대영이는 조금 더 주의를 기울인다. 춤에서 조심하는 게 느껴진다. 제멋대로 희망하여 성급히 절망하고 애꿎게 원망하지 않도록. 의도나 메시지나 내러티브는 휘발시키고 순수한 움직임만 남도록. 달릴수록 점점 좁아지는 벽. 관객들은 약간 얼떨떨해하고 어리둥절해하고 대영을 고용한 관리자 및 관계자는 후회하고 돈 아까워한다. 대영이는 같은 곳에 두 번 불리지 않는다.

물미역처럼 위로, 위로, 하늘거리지만 결국 휠체어—관계자는 언제나 대영을 의자가 아니라 휠체어에 앉게 한다—에 박혀 있는 대영의 상반신을 바라보며 환자의 보호자 중 하나가 옆에 선 사람에게 소리 낮춰 저게 도대체 무슨 내용이냐고 묻는다. 춤에서 무슨 내용을 찾아. 어린 관객이 따분해졌는지 산만하게 여기저기를 둘러보다가 이쪽을 뒤돌아본다. 머리카락이 가느다래서 머리통이 훤히 들여다보인다. 스님이 되어도 좋을 정도로 두상이 예쁘다. 어린 관객과 눈이 마주쳤을 때, 나는 미소 짓지 않는다. 대신 눈짓으로 트리 장식을 가리킨다. 우리는 무수한 금빛 방울 속에서 다시 한번 눈을 마주친다. 모습이 볼록거울처럼 비쳐 보인다. 우리가 무지 많아.

다른 이야기인 척하고 있지만 매번 반복되는 이야기를 나는 지켜본다. 소중한 무언가를 놓치는 장면. 혹은 놓는 장면. 놓친 건지 놓은 건지 혼란스러워하는 장면. 놀이동산에서 대영이는 아영이의 손을 잡고 있다. 남매의 부인지 모인지가 대영이에게 아영이의 손을 꼭 잡고 있으라고 당부하고는 화장실로 들어간다. 다 끌고 데리고 들어갔어도 될 텐데 그녀 혹은 그는 아직 젊고 남매의 성별이, 또 남매 중 한 명과 자신의 성별이 다름에 신경이 쓰이는 것 같다. 아영이는 기운 센 요요처럼 대영이 팔 길이만큼 멀어졌다가는 돌아오고, 다시 멀어졌다가는 돌아온다. 대영이는 땀이 나도록 손을 붙든다. 미끄러져 놓칠 것만 같다. 폭신폭신하고 새하얀 손. 모차렐라 치즈 같은 손. 여동생은 손목이 아프다고 빽빽 울어 댄다. 남매의 부인지 모인지는 좀처럼 나오지 않는다. 대영이는 확신한다. 버려진 거라고. 아영이는 오빠가 자신의 울음에 주목해 주지 않자 울음을 그치고 히끅거린다. 퍼레이드가 시작된다. 사람들이 웅성대며 좀비처럼 떼 지어 몰려간다. 동화의 마지막 같은 노래가 흘러나온다. 튤립이 징그럽게 빨갛고 노랗다. 아영이는 흥분해서 다시 사방팔방으로 달리기 시작하고, 어느 쪽이든 세 걸음도 가지 못한 채 되돌아온다. 아영이가 멀어지고, 돌아온다. 한 번 더 멀어졌을 때, 대영이는 손을 놓는다. 놓친다. 멍청한 반짝이 전구로 장식된 무대 위에서 대영은 한 장면에 골몰해 있다. 식은땀을 흘려 가며. 눈빛이 흐리다. 사다리 위에 올라 거대한 칠판 가득 풀리지 않는 문제를 풀어 대는 수학자처럼. 그만해. 좀 그만 좀 해 좀. 좀. 그러나 나는 그 장면이 언제까지고 되풀이될 거라는 걸 안다.

"아픈 자식이 부모에게 버림받는 내용이요." 나는 아무렇게나 주워섬긴다.

환자의 보호자가 뒤돌아 내 눈을 바라본다. 그녀는 자신이 잘못 들었다고 생각한다.

"아픈 자식이 부모에게 차라리 버림받고 싶어 하는 내용이요." 나는 멍게처럼 딱딱한 그녀를 짧고 예리한 칼로 쑤셔 울게 하고 싶다. 혹은 싸대기 맞고 내가 울고 싶다.

어린 관객이 뒤돌아 이를 드러내며 히죽 웃는다. 아랫니 두 개가 빠져 있다.

"아영이는 날아갔어." 헬륨 풍선 자판기 앞에서 대영은 고백한다. 저물녘, 자판기가 뿜는 빛이 폭발적이다. 풍선이 몇 종류 바뀌었다. 거기서 거기.

"뭐라고?"

"아영이는 날아갔어, 라고 했어."

나는 믿지 않는다. 대영의 검지가 의기양양하게 가리키는, 그 문장을 보고도. 절그럭절그럭 궁리해 낸 결과가 겨우 그거?

"그래." 나는 말한다. "아영이는 날아갔어. 멀리멀리."

대영이는 주먹을 내질러 자판기의 하복부를 찌그러뜨린다. 나는 쭈그려 앉아 찌그러진 부분을 작은 주먹질로 펴고 소매로 닦아 수습한다. 새삼 문장을 살펴본다. 코팅이라도 하지. 얄팍한 스카치테이프가 붙은 귀퉁이를 빼고 테두리가

다 헤져 있다. 비라도 오면 찢겨 떠내려가거나 그러다 바람 불면 날아갈지도 모르겠다. 날아갈 수 있다는 건 그런 의미 아닐까?

대영이 말하기를, 아영이는 그날 헬륨 풍선을 들고 있었다. 거북이 모양. 처음 듣는 내용이다. 거북이는 캐릭터가 아니라 매우 사실적인 사진이어서 자세히 보면 징그러울 정도였다. 푸른색 장수거북. 바다거북. 아영이는 63빌딩 아쿠아리움에서 거대한 그림자를 드리우며 지나가는 바다거북을 본 이후로 거북이 애호가가 되었기 때문에 거북이 풍선을 사 달라고 했다. 아르바이트생이 납작한 도넛 모양 쇠고리를 아영의 오른손 중지에 걸어 주고는 근사한 반지네, 공주님, 하고 머리를 쓰다듬었다. 놀이기구를 탈 때마다 번거로웠으므로 대영이는 거봐, 거봐, 하면서 동생을 놀렸다. 아영이는 분노하거나 울거나 하지 않고 놀이기구를 단념함으로써 의젓하게 헬륨 풍선을 책임졌다. 화장실에서 남매의 엄마—이 부분에서 과거 대영이는 엄마라고 했다가 아빠라고 했다가 삼촌이라고 했다가 고모라고 했다가 사돈에 팔촌에 아무튼 매번 다르게 말함으로써 그의 기억력을 의심하게 만들곤 했다—는 아영이를 잘 붙잡고 있으라고 했다.

"날아갈 수도 있으니까." 그녀는 쭈그려 앉아 아홉 살짜리 아들의 귀에 이렇게 속삭이고는 헬륨 풍선을 올려다보았다.

"그래. 풍선이." 나는 말한다.

대영이는 자판기의 조인트를 까려다 원초적 불가능에 부딪힌다. 나는 대영이가 왜 이렇게 흥분하는지 의아하다.

“네 말대로,” 그가 마음을 가라앉히고 말한다. “풍선이 날아간다는 얘기였다면, 내가 아니라 아영이에게 말했겠지.”

“그러네.” 나는 수긍한다. 예전에 텔레비전에서 사람을 공중에 띄우기 위해 얼마나 많은 풍선이 필요한지 실험한 것을 본 적 있다. 수천 개의 풍선을 다 모으니 거의 집채만 했다. 태평양에 사는, 아파트보다 큰, 3,000살 먹은 대왕 바다거북이. 실로 연결되어 오른쪽 팔과 두 뒤꿈치가 들린 아영이. “그래서?”

대영이는 자판기를 노려본다. 표면에 얼굴이 반사되어 보인다. 입체파 그림처럼 움푹 찌그러진 얼굴. “아영이는 날아갔다고.” 그가 말한다. “그게 다야.”

집에 돌아와 바퀴를 닦을 때 대영이 흰 봉투를 내민다. 봉투 아가리를 벌리고 한쪽 눈으로 들여다보는 품위 없는 짓은 하기 싫으니 곧장 꺼내 세어 본다. 20만 원. 모두 5만 원권. 만 원권 다섯 장보다 5만 원권 한 장이 더 값져 보인다는 걸 돈을 주는 사람은 잘 모른다. 만 원권으로 줘야 많아 보인다고 생각하고 대부분 그렇게 하곤 하는데 그게 늘 기분을 잡치게 한다. 소아암 병동 관계자는 현금을 받아 본 사람임이 분명하다.

“쳇.”

“좋으면서 쑥스러워하기는.”

나는 웃음을 터뜨리며 대영의 목에 매달린다. “내일은 놀자.”

"아싸."

나는 잠든 대영의 성기를 만지작거리며 아영에 골똘해진다. 날아간 아영이. 구글, 위키피디아, 유튜브 등에 각각 한글과 영어로 사람이 헬륨 풍선에 매달려 날아갈 수 있는지 검색해 본다. 매달린 사람, The hanged man 이미지가 자주 나온다. 나는 내가 미친 게 아니었으면 좋겠다. 대영이만 미친 것이기를. 암은 없어야 하는 세포가 생기는 병이고 치매는 있어야 하는 세포가 없어지는 병이라고 한다. 둘은 개미와 바퀴벌레, 혹은 까치와 비둘기처럼 병존할 수 없다. 이때 나는 암에 걸릴 것이다. 치매는 대영이 걸렸으면 좋겠다. 벽에 똥을 바르며 아무것도 모르고 행복한 대영이의 엉덩이를 병들고 고통스러운 몸을 이끌고 다가가 닦아 주고 싶다. 나는 유튜브에 대영이와 관련된 키워드를 넣어 본다. 사고 이전의 영상을 찾아보고 싶은 마음이 간절하지만 참아 낸다. 춤, 11월 19일, 세브란스, 휠체어. '휠체어'를 넣으면 검색에 반드시 걸리게 되는 것이 편리하다. 핸드폰 카메라로 찍은 멀미 나는 영상이 뜬다. 두 자리 조회 수. 영상보다 댓글에 더 관심이 간다. 눈썹을 八자로 그리며 짠한 얼굴로 응원하는 사람도 있고 장애를 팔아먹는다고 삿대질하는 사람도 있다. 나는 특별한 감상을 갖지 않으려 노력한다. 모든 댓글에 좋아요를 누른다.

"아영아."

나는 잽싸게 핸드폰 전원 버튼을 누르고 눈을 감는다.

"아영아."

"왜 깼어?" 나는 좀 부스스한 목소리로 대꾸한다. "더 자."

"너는 이름이 뭐야?" 그가 한숨 쉰다. 가장 두려운 순간. "선녀 옷도 아니잖아."

"김아영."

"아영아." 그가 말한다. "나는 네가 죽었으면 좋겠어."

"나도."

"너도 내가 죽었으면 좋겠어?"

"나도 내가 죽었으면 좋겠어." 치매 걸린 네 엉덩이 다 닦아 준 다음에.

대영은 돌아눕는다. 나는 발로 그의 두 다리를 밀어 같은 방향으로 정리해 준다. 대영이 진짜로 잠들었을 때, 나는 팔이 저리지 않도록 그를 똑바로 눕힌다.

잠이 오지 않는다. 나는 손의 감각만으로 대영의 바지를 찾아낸다. 동전이 못해도 1킬로그램은 될 것 같다. 나는 한때 전신 거울이 붙어 있던 자리—사각형과 그 안 X자 접착제 자국—를 바라보고 서서 어떤 자세를 취한다. 거울에 대한 추억만으로 벽은 상을 비춰 보일 수 있다. 오른손 손가락을 최대로 펼치고 손목을 아래로 꺾어 얼굴 옆에 가져다 댄다. 입은 헤벌리고 고개는 손이 있는 방향으로 꺾는다. 오른쪽 다리를, 키스할 때 드는 것처럼, 대신 약간 바깥을 향하게 든다.

"난 슬플 때 힙합 춤을 춰."

데칼코마니처럼 반대쪽으로도 해 보지만 잘되지 않는다. 아마 오른손 오른발잡이라서 그런 것 같다. 왼쪽을 더

연마해야 할 것 같다. 아직 슬플 때가 더 필요할 것 같다.

차에 치이지 않기 위해서는 멀미가 나더라도 차에 타야 한다는 내 주장에 따라 우리는 영원의 땅에 가기로 한다. 대영은 생각보다 순순히 따라나선다. 나는 당근과 단무지만 넣은 김밥을 싼다. 일곱 살 때 잃어버린 엄마가 그런 김밥을 싸 준 것도 같다.

대영이는 탈 수 있는 놀이기구가 하나도 없다. 대영이는 145센티미터보다 작다. 나는 직원 앞에서 대영이의 겨드랑이에 팔을 끼워, 거의 모든 에너지를 동원해, 그를 일으켜 세운다. 이렇게 너무 커서 문제라고. 어차피 다시 앉을 거잖아. 그는 지푸라기 인형처럼 가만히 있는다. 직원은 난처해하고 한 단계 높은 직급으로 추정되는 이에게 무전을 한다. 무전을 받은 사람이 어딘가에서 3분 내로 달려와 진땀을 빼며 그들의 이상향과 논리와 과학과 시스템을 설명한다. 우리는 경청한다. 대영이는 딱 한 번, 회전목마의 호박 마차에 타도록 허락된다. 스테로이드만 맞았더라도 나는 대영이를 말에 태울 수 있었을 것이다. 호박 마차보다 말이 비교될 수 없이 재밌는데 나는 전부터 호박 마차 타는 아이들을 얼간이로 여기곤 했다. 대영이가 타고 있다. 게다가, 세상에, 역방향으로. 나는 오르내리고 그는 뒤로 가며, 우리는 좁아지지도 멀어지지도 않은 채, 마주 본다. 씰룩거리지 않도록 단속되는, 잘 단속되지 않는 입꼬리가 보이고, 그건 내 표정이기도 할 것 같다.

에버랜드는 오르막도 내리막도 계단도 잘 없어 나다니기 좋다. 통나무집으로 이사하고 싶다. 안 되면 귀신의 집이라도. 놀이기구 앞에서 에너지를 다 소모했으므로 대영 방석에 앉아 자동으로 나아간다. 청소부들도 전동 휠체어와 비슷한 것을 타고 다니므로 별로 이목이 집중되지 않는다. 핼러윈이 지났으니 테마는 당연히 크리스마스. 크리스마스는 사실 11월인지도 모른다. 김장철을 테마로 해도 좋을 텐데. 배추를 쌓아 트리를 만들고 깐 마늘을 걸고 고춧가루를 뿌리고 빨간 고무장갑도 걸어 두고……. 크리스마스 장식은 병동에 비하면 아주 성대하다. 세상의 모든 꼬마전구가 다 동원된 것 같다. 팔도의 모든 전구 공장들이 불철주야 만들어 냈을 것 같다. 몇 줄 훔쳐 병동을 꾸미고 싶다. 빨간색과 초록색 펠트 천도. 스티로폼이 든 선물 상자도. 소리 안 나는 벨도. 솜으로 된 가짜 눈도. 나는 전부터 테마파크를 좀 좋아하는 편이었다. 테마파크이면서 아닌 척하는 바깥보다 솔직하다는 점에서. 마찬가지로 병동도 좋아한다. 우리는 양갱 박스에서 전부 쓸어 온 지폐로 온갖 동물 모양 물건을 구매하고 단 것을 사 먹는다.

우리는 아닌 척하지만 자주 헬륨 풍선 주변을 배회한다. 우리는 우리가 그러고 있다는 걸 안다. 우리는 긴장하고 있다. 내가 용기를 낸다. 아주 천천한 투스텝을 밟으며 다가가 하늘에 떠 있는 닌자 거북이를 가리킨다. 어떤 손이 기척 없이 다가와 골반 부근에서 지폐를 내민다.

"라파엘이요." 나는 마약 밀수업자처럼 입을 가리고 나직이 말한다. 그러다 점점 격앙된다. “아니, 아니, 레오나르도 말고 라파엘이요, 젠장.”

허둥대는 손에 줄이 엉킨다. 직원은 내게 쇠고리를 내민다. 나는 프러포즈 반지를 받는 여자처럼 손을 내밀고 있다가 멋쩍어진다. 이 시대에 낭만은 사라졌다. 혹은 낭만은 어린아이에게만 허락된 일인지도 모른다. 라파엘이 하늘에 곧추선다. 나는 대영이와 라파엘을 번갈아 바라본다. 대영은 어깨를 으쓱한다.

엄마를 기다리자. 우리는 화장실을 바라보며 나란히 선다. 엄마는 대영에게 아영의 행방을 묻지 않았다. 겁에 질린 아홉 살짜리 남자애의 표정이 대신 말해 주었으리라. 그녀는 이리저리 뛰어다니고, 전화하고, 주저앉고, 울고불고, 방송을 하고, 정신을 차려 대영이가 놀라지는 않았는지 살피고, 실종 신고를 하고, 직장을 그만두고, 전단지를 뿌리고, 이혼을 하고, 매일 놀이동산을 찾아왔다. 행복하기 위해 노력 중인 사람들 사이를 귀신처럼 헤집고 다녔다. 그녀는 한꺼번에 너무 많이 사는 바람에 금방 죽었다. 대영이는 학교에 가지 않고 이모인가 고모 집에서 비디오게임을 했다. 악당을 깨부수고 공주를 구하고.

뒤편에서 퍼레이드가 시작된 것 같다. 아마도 금발 백인 왕자의 팔짱을 금발 백인 공주가 끼고 있을 것이다. 그들의 부하인 각종 관료까지도 백인일 것이다. 그들은 2단 웨딩 케이크 모양 퍼레이드 카에 탑승해 자동으로 나아갈 것이다. 부하보다 더 부하인 20대 초반의 아르바이트생 한국인들은 춤추며 온갖 재롱을 부리며 걸을 것이다. 공주는 팔꿈치까지 오는 은빛 실크 장갑을 낀 손을 흔들 것이다. 탄성이 터진다. 하프가 연주하는 무지갯빛 비눗방울 음악이 흘러나온다. 우리는 뒤돌지 않는다.

해가 저문다. 수천 개의 전구 불빛이 거세진다. 집으로 돌아갈 시간이 된 것 같다. 우리의 엄마는 변비를 앓고 있나. 그녀가 평소에 토마토나 고구마를 즐겨 먹었더라면. 나는 대영이 내민 손을 맞잡는다. 가끔 짜증 나게 굴지만 믿음직한 오빠. 손이 땀에 절다 못해 퉁퉁 불어 있다. 라파엘이 중력을 무시하는 게, 반대쪽 손을 잡아끄는 게 느껴진다. 나는 날아가지 않을 것이다.

우리는 한나절도 못 가 쭈글쭈글해진 라프를 바닥에 끌며 캄캄해진 골목을 걷는다(굴러간다). 왼손엔 대영, 오른손엔 라프. 다시, 우리 셋은 굴러가고, 걷고, 끌린다. 라프는 닌자로도 거북이로도 닌자 거북이로도 보이지 않는다. 안대만이 그가 라파엘임을 알아보게 한다. 생각해 보니 안대는 신분을 가릴 목적으로 착용하는 걸 텐데 그들 넷을 분별하게 한다. 바보 같은 거북이들.

"탕진했네."

꿈과 희망에 홀렸다 깨어난 기분이다. 파란 약 먹었다 빨간 약 먹은 기분. 치매에 걸렸다 암에 걸린 기분. <밀과 및>의 사진작가처럼 우리도 이곳을 테마파크로 여길 수 있다. 매일매일을 테마파크 안에서 살 자신만 있다면.

꽃 핀 화분이 계절감 없이 바닥에 놓여 있다. 봄꽃보다 가을꽃의 채도가 더 높다는 걸 아시는지. 빛바랜 파란색 물뿌리개. 온 모서리마다 은행나무 잎, 주단이 아니라 황단이 깔려 있는데 쓰레기봉투에 다 담으려면 고생깨나 할 것 같다. 영양 상태가 좋아 보이는 고양이가 화분의 꽃을 뜯어 먹고 있다. 아직 그 사실을 모르는, 깔깔이를 입은 할머니가 한쪽 무릎을 세우고 플라스틱 해변 의자에 앉아 달고 가느다란 담배를 피운다. 목덜미가 파충류 피부 같다. 할머니는 매일 시끄럽다는 이유로 옆집 장미마켇 개를 패서 어디에선가 나타난 동물 애호가로부터 신고당하곤 한다. 장미마켇 유리에는 '번개탄 팝니다'라는 문장이 수기로 적혀 있다. 검은색 굵은 매직으로 썼다. 장미마켇에서는 사실상 아무것도 안 판다. 주인 할아버지는 그냥 남은 돈을 헐어 쓰며 죽을 때를 기다리는 것 같다. 노란색 비닐 장판 위에 허옇게 일어난 인조가죽 소파가 놓여 있고 두 할아버지가 장기를 둔다. 텔레비전에서 흘러나오는 초록빛이 안을 밝힌다. 야구 아니면 테니스. 어쩌면 골프. 털이 짧고 검은, 할머니에게 시끄럽다고 구타당하곤 하는 강아지가 심심해한다. 본 적 없는 청년이 한쪽에 멀뚱히 서 있다.

"없어." 주인 할아버지가 말한다.

"그냥 하나 줘." 놀러 온 할아버지가 말한다. 그는 별다른 고민 없이 다음 수를 둔다. 대답이 없자 다시 말한다. "그냥 하나 줘."

"왈왈. 왈왈."

왜 붙여 놨냐고 청년이 화내려다 미수에 그치고 그냥 묻는 것처럼 되어 버린다. 그는 절박하다. 그러게. 안 파는데 왜 붙여 놨지. 청년과 놀러 온 할아버지는 아마 모를 것이다. 있는데 안 파는 게 아니라 정말 없다는 것을.

"마저 하자, 탕진."

대영이 나를 바라본다. 내가 엄지와 검지로 돈 세는 시늉을 하자 그가 주머니를 까뒤집는 모션을 취한다. 춤처럼. 마음이 약해진다. 요망한 대영이는 내가 그의 어떤 부분을 좋아하는지 잘 안다. 나는 마음을 다잡고 그의 주머니를 턱짓으로 가리킨다. 에헤이, 거기 왕창 든 거. 대영이는 머뭇거린다. 머뭇거리는 사이에도 바퀴는 꾸준히 구른다. 나는 손을 놓고 위성처럼 휠체어 주변을 배회하며 걷는다. 내가 시야에서 벗어나면 대영은 불안해한다. 뒤돌아보지는 않지만 뒤통수 머리카락을 헤치고 눈알 두 개가 튀어나오는 게 그려진다. 나는 소리 죽여 웃는다.

"대영아."

뒤통수는 대답하지 않는다.

"내 이름은 김아영이야." 나는 말한다. "네가 믿고 싶어 하지 않았을 뿐."

헬륨 풍선 자판기 앞에서 우리는 동시에 놀란다. 대영이는 머뭇거림을, 자판기 속 바다거북을 보고도, 포기하지 못한다.

"뒤져서 나오면 100원에 한 대." 나는 불량배라기보다는 쉬하고 나온 아들의 바지를 마구 추켜올리는 극성맞은 엄마처럼 돈을 빼앗는다. 그는 상체를 움직일 수 있다는 사실을 종종 까먹는다.

주먹 가득 동전을 쥐고 주입구에 하나씩 집어넣는다. 무거워서 어떻게 살았나. 한꺼번에 몽땅 집어넣고 싶은데 풍선을 얻기 위해선 정성을 들여야 하는 모양이다. 동전 무덤을 대영에게도 내민다. 그는 머뭇거리다가 거들기 시작한다. 우리는 찹쌀을 뭉치고 방아를 찧어 인절미를 만드는 두 아낙네처럼 환상의 복식조를 이룬다(방아 찧는 역할은 내가 맡고 싶다. 일단 나는 일어설 수 있는 데다가 손톱을 빻고 싶지 않다). 동전이 좁고 긴 문을 밀고 들어가 아래로 떨어지면서 내는 투명한 소리가 마음에 든다. 타이밍이 어긋나 동전끼리 부딪칠 때 우리는 동시에 웃음을 터뜨린다(방아 찧는 역할은 내가 맡고 싶다).

전자 창에 뜬 숫자를 보고 우리는 약간 충동적이었음을 후회한다. 되돌려받고 싶지는 않다. 가로 넷 세로 넷, 열여섯 개의 풍선을 다 팔아 주기로 한다. 전부 뽑는다 해도 한참 남는 액수. 예전엔 공중전화에서 돈이 남으면 수화기를 올려놓고 나오곤 했는데. 자판기 주인이 아니라 동네에 사는 꼬마나 아까 그 청년이 횡재했으면 좋겠다.

절그럭거릴 동전을 모두 잃은 대영이는 아랫입술을 깨물기 시작한다. 나는 그의 한쪽 어깨를 가만 짚었다 뗀다. 불이 들어온 버튼 중 하나를 누른다. 뽑은 풍선의 쇠고리를 바닥에 떨어뜨린다. 고리가 일어섰다 앉으며 들썩거린다. 태풍 속이라면 날아갈 수도 있겠다. 나는 고리의 매듭을

풀어 풍선을 위로 날린다. 이렇게 하면 반드시 날아간다. 실을 풀지 않고 풍선을 스매싱해 본다. 날아가는가 싶더니 주저앉는다. 나는 온갖 경우의 수를 시험해 본다. 나는 약간 숨을 헐떡이며 누가 시키지도 않았는데 미션 임파서블 풍선 구출 작전을 찍는다. 대영에게도 버튼을 누르게 한다. 그는 조금 더 차분히, 안경 끼고 흰 가운을 입은 박사 느낌으로 일을 수행한다. 우리는 풍선이 날아가거나 날아가지 않는 모습을 바라본다. 쇠고리가 쩔렁거리며 아스팔트 바닥에 떨어지는 소리, 놀란 개가 작은 성대로 짖어 대는 소리와 조그만 발톱들이 장판을 토도독대는 소리, 할머니가 욕하는 소리, 청년이 소리 없이 돌아가는 소리. 그가 자판기에 남은 돈을 환급받아 번개탄을 산 뒤 삼겹살을 구워 먹었으면 좋겠다. 나는 기력이 달려 바닥에 주저앉는다. 힘들다. 알아? 힘이 든다고.

나는 바닥에 버려진 쇠고리와 실뭉치를, 서 있거나 앉아 있는 헬륨 풍선을, 바다거북을 품에 안은 대영이를 바라본다. 나는 그를 놀리거나 겁줄 수 있다. 하지 않는다. 한쪽 무릎을 꿇고, 바다거북에 매어진 쇠고리를 그의 손가락에 걸어 준다. 청혼하는 왕자의 기분으로. 디즈니랜드에서, 쇠고리인 줄 알았는데 사실은 그것보다 무거운 다이아 반지가 끼워지며, 풍선이 둥실 떠오르며, 폭죽이 터지는 밤 배경으로 청혼받는 게 꿈이었는데. 엉덩이를 툭 치자 바다거북이 천천히 헤엄쳐 올라가다가는 수면 아래에서 멈춘다. 거북은 마음만 먹으면 언제든 물으로 올라갈 수 있을 것 같다. 아직은 물비늘 아래에서 하늘을 구경하고 싶은 것 같다. 밑이 더 고요하고 찬란하니까. 수천 조각의 피부가 수면 빛을 반사해 홀로그램으로 빛난다. 고리를 붙든 손에 핏기가 없다. 무릎의 각도가 달라지고 싶어 한다.

우리는 손에 손잡고 걷거나 구르거나 떠간다. 집 반대 방향으로. 사거리가 나온다. 자정에 가까운 시각이고, 이따금 빈 차 불을 켠 택시만 빗소리를 내며 멈추지 않고 지나간다. 우리는 기다린다. 열두 개의 푸른 등이 일제히 켜지기를. 아직은 아니다. 정지신호가 길다. 정지신호가 조금만 더, 길어도 나쁘지 않을 것 같다. 불이 켜진다. 이제 직선으로든 대각선으로든, 아니 어느 방향으로든 횡단할 수 있다. 걷든 기든 뛰든 구르든 헤엄치든, 아니

"너는 날아갈 수 있어."

누가 먼저 손을 놓았는지는 기억나지 않는다. 놓았는지, 놓쳤는지도.

오래전, 나는 우연히 어떤 타투이스트와 알고 지내게 되었다. 그의 왼손 손바닥에는 밧줄이 그려져 있었다. 스스로 새긴 것이었다.

그의 이름은 이제 기억나지 않지만, 그가 항상 이야기하곤 했던 한 친구의 이름은 기억하고 있다. 친구의 이름은 대영. 그는 자살한 대영을 그리워했고 대영의 죽음을 막지 못한 것을 후회했다. 그래서 자기 손바닥에 대영에게 내릴 동아줄을 새겼다.

그렇지만 손바닥의 문신은 잘 지워졌다.

손은 물이 자주 닿고 다른 사물과의 접촉이 많은 부위이기 때문이었다. 그래서 그가 새긴 밧줄도 반쯤 흐릿했다. 그는 그림이 지워지는 것을 슬퍼했다.

그의 이름은 아무리 애를 써도 떠오르지 않는데 한 번도 본 적 없는 대영의 이름은 선명한 게, 이상하다. 글을 쓴다는 이유로 아무 잘못도 없는 사람들을 곤란하게 하고 있다는 걸 요즘 느낀다. 가족들, 친구들, 모르는 사람들…….

그리고 이 글을 쓰고 있는 지금, 나는 밧줄이 직선이 아니라 올가미 모양이었음을 깨닫는다.

가진 글을 다 팔고 싶었는데, 그렇게는 잘 되지 않았다. 그리고 새로 써야 할 것들도 있었다. 다행이다. 착하게 살겠다고 약속한다. 헬륨 풍선 자판기의 존재는 내가 늘 사랑하는 이수빈에게서 들었다. 먼저 연락하기 참 쉽지 않지만 이렇게나마 안부를 묻는다.

끝으로, 온 마음을 다해 대영의 명복을 빈다.

장진영

2019년 《자음과모음》 신인문학상을 수상하며 작품 활동을 시작했다. 소설집 『마음만 먹으면』, 장편소설 『취미는 사생활』 『치치새가 사는 숲』, 단편소설 『나의 사내연애 이야기』 등이 있다.

심사 총평

소영현 문학평론가

이야기의 숲을 채울 소설을 기다린다

(심사위원을 대신하여 소영현)

몇 편의 소설이, 어떤 성격의 소설이 응모될지 예측할 수 없는 상황에서 제1회 림 문학상이 시작되었다. 우려를 떨치듯 447명의 소설 894편이 접수되어 매력적인 낯선 세계를 만날 기대를 한껏 부풀리게 되었다. 이른바 장르적인 성격의 소설들이 적지 않았고, 젊은 감각의 소설이 응모작의 다수를 이루었다. 문학에 대한 각기 다른 빛깔의 열정을 다시 한번 확인할 수 있는 시간이었다.

폭우가 쏟아지던 날에 모여 예상보다 많은 응모작을 살필 일정을 조율했고, 문학웹진 림이 꿈꾸는 이야기의 숲을 채워 줄 신작을 기대하며 심사위원 4인, 김병운(소설가), 안윤(소설가), 소영현(평론가), 심완선(평론가)이 더운 여름을 응모작들과 함께 보냈다. 한 달여 시간 동안 응모작 894편을 검토하여 4인의 심사위원은 고심 끝에 한 작가가 제출한 응모작 사이의 편차까지를 고려하면서 9인 18편의 소설을 본심작으로 최종 선정했다. 파주의 열림원 사옥에 모여 선정된 18편의 소설을 두고 한 편 한 편 감상과 평가를 나눴다. 소설의 장단점, 만듦새, 참신성, 신인으로서의 패기 등 여러 각도에서 여러 차례에 걸쳐 작품에 대해 의견을 나눴고, 의견 차를 조율하면서 문학웹진 림의 빛깔에 좀 더 맞닿아 있는 소설을 대상작으로 선정하고자 논지를 모았다. 동시에 작가로서 앞으로 자기 세계를 확보하고 성장해 갈 수 있는 준비가 충분히 되어 있는가를 살피는 일에서도 심사위원들 사이에서 양보 없는 논의가 이어졌다.

본심작을 한 편씩 여러 각도로 거듭 검토하였고, 고심 끝에 대상작 후보를 「눈사람들, 눈사람들」과 「포도알만큼의 거짓」 두 소설로 좁힐 수 있었다. 이후에도 심사위원들 간의 입장 차를 조정하기 위해 두 소설의 각기 다른 소설적 매력을 두고 논의를 거듭한 끝에, 개성적인 작품 세계를 확보하고 있으며 신뢰할 만한 쓰기 역량을 갖추고 있는 「눈사람들, 눈사람들」을 대상작으로 확정하였다. 「눈사람들, 눈사람들」로 제1회 림 문학상 대상을 수상한 성수진 작가에게 아낌없는 축하를 전한다. 앞으로 만나게 될 더 좋은 소설들을 기대한다.

우수상 심사 과정도 대상작 심사만큼이나 지난하였다. 그럼에도 심사 과정 전체로 보자면 심사위원들 간의 평가가 서로 달랐다기보다는 취향의 차이가 좀 더 뚜렷하게 드러난 시간이었다. 그래서 더 의견 차를 좁히기 쉽지 않았다고 할 수 있지만, 결과적으로 「포도알만큼의 거짓」을 우수상으로 선정하는 데에는 큰 이견이 없었다. 아이러니하게도 가작을 선정하는 시간에 심사위원들 사이의 의견 차가 가장 격렬하게 맞부딪쳤다. 수상작의 편수에서 대상작에 이르기까지 전반에 걸친 논의 뒤집기를 반복했다. 문학상의 의미가 수많은 응모작 가운데 한 편의 소설을 수상작으로 선정하는 일에 놓여 있음은 분명하다. 그러나, 그렇기에 제도로서의 문학상은 절차상 심사 기준이 획일화되거나 수상작의 성격이 단조로워질 위험이 있는 게 사실이다. 문학상의 취지를 생각해 보자면 수상작 선정 못지않게 좀 더 다양한 세계를 구상하는 소설들이 지면을 얻거나 독자와 만날 수 있게 하는 일도 중요하다. 림 문학상을 제정한 의도 한편에는 문학상

제도 자체에 대한 이러한 성찰이 놓여 있다. 림 문학상이 3편의 가작을 선정한 것은 이러한 문제의식에서이다. 다른 독법을 요청하는 소설들을 하나의 기준으로 평가하는 것이 적절하고 타당한가에 관한 논의 끝에 개성이 돋보이는 3편의 소설 「우주 순례」 「얼얼한 밤」 「날아갈 수 있습니다」 3편을 가작으로 선정하였다. 이 소설들을 통해 림의 이야기 숲이 더 다채롭게 채워지기를, 나아가 한국문학의 다양성이 좀 더 확대될 수 있기를 바란다.

수상자 여러분께 진심 어린 축하의 인사를 전한다. 아울러 이번에 지면을 얻지 못했지만 응모해 주신 분들께도 격려와 응원의 마음을 전한다. 2010년대 중후반 이후로 지속되었던 등단 제도에 대한 성찰을 통해 우리는 작가가 되는 것과 등단 제도를 통과하는 일을 분리해서 생각할 수 있게 되었다. 새삼 반복할 필요도 없이, 쓰고 응모한 이들 모두가 이미 작가이다. 여러분이 소설로 구축하고자 하는 새로운 세계에 더 많은 독자가 가닿을 수 있도록 앞으로도 '쓰기'를 멈추지 않기를 바란다. 장르나 형식, 제도적 등단 절차에 구애받지 않는 작가들을 위한 플랫폼 문학웹진 림의 정신을 조심스럽게 확장하는 자리에 림 문학상이 놓여 있다. "무성하고 이채로운" 림의 세계를 빛내 줄 신작을 기다린다. 앞으로도 많은 관심을 부탁드린다.

심사평

김병운 소설가

예심에서 지지한 작품은 「돌멩이」와 「날아갈 수 있습니다」, 「천사 클래런스의 권태와 호르헤 아르치발도의 마지막 투우」였다. 「돌멩이」는 안전하지 않은 환경 속에서 스스로를 보호하는 법을 이미 터득한 아이의 하루를 담은 작품이었는데, 채석장 덤프트럭이 쌩쌩 지나가는 차도 위를 홀로 걷는 아이의 이미지와 죽은 동물 사체에 흰색 스프레이로 마킹을 하며 노는 아이의 이미지가 주는 여운이 컸다. 리듬감 있는 문장과 절제된 대사, 개성적 인물과 결정적 장면 등 성공적인 소설을 위해 필요한 요소가 고루 갖추어져 있었다. 하지만 아쉽게도 다른 심사위원들의 동의를 얻지는 못했다. 본심에서는 「돌멩이」보다 「날아갈 수 있습니다」가 더 높은 지지를 받았는데, 이 작품 역시 호불호가 갈렸다. 스타일

전환을 시도 중인 작가의 과도기적 작품이라는 중평 속에서 장애를 주인공의 죄책감을 위해 도구화하고 있지 않은지, 위악적인 태도를 통해 시혜적 시선은 타파하고 있으나 장애인 당사자의 입장에 대한 충분한 숙고가 이루어졌는지에 대한 판단이 쉽지 않다는 이야기가 오갔다.

「천사 클래런스의 권태와 호르레 아르치발도의 마지막 투우」는 천사의 도박과 고양이의 꿈을 통해 인간의 운명이 결정되는 세계관이 매력적이었다. 선택한 소재에 대한 성실한 자료 조사가 돋보였고, 시공간의 제약을 가뿐하게 넘나드는 영화적인 장면 연출과 능숙하고 세련된 문장들도 좋았다. 하지만 지금 여기에서 이 작품이 왜 쓰여야 하고, 왜 읽혀야 하는지 심사위원 모두가 한목소리로 의문을 제기했다. 함께 제출한 작품 역시 매끄럽고 흥미로웠으나, 작가가 이야기에 잠식되어 잘 보이지 않았다.

아쉽게 수상권에 들지 못했으나 본심에서 만난 작품 중에서는 「다음 소년」을 응원했다. 유려하나 장황하지 않은 문장을 써내는 능력이 돋보였고, 장면을 구체화하며 밀고 나가는 힘이 느껴지기도 했다. 하지만 상황만 잘 펼쳤을 뿐 그 안에서 자신이 진정으로 하고자 하는 이야기는 무엇인지 찾지 못한 채 소설이 마무리되었는데, 자신이 구상한 모든 것을 실현한다고 해서 작품의 완성도가 높아지는 것은 아니라는 것을, 때로는 보여 주는 것보다 감추는 것이 더 많은 것을 말해 주듯 어떤 단계에서는 붙이고 연결하기보다는 덜어 내고 삭제하는 것이 더욱 효과적일 수도 있다는 것을 말씀드려 보고 싶다. 계속 습작을 이어 나간다면 많은 사람들에게 신뢰감을 주는 작가로 성장하실 거라고 생각한다.

우수상 한 자리를 두고는 「포도알만큼의 거짓」과 「얼얼한 밤」이 경합했다. 두 작품 모두 고유의 성취와 매력이 있어 우열을 가리기 어려웠고, 막판까지 심사위원 4인의 표가 2대 2로 나뉘어서 설득의 과정을 거쳤다(실제로 심사위원들 사이에서 '51대 49'라는 표현이 여러 번 오갔다). 「포도알만큼의 거짓」은 골치 아픈 일은 가급적 피하고 열의를 기꺼이 포기하며, 있는 듯 없는 듯 최소한의 역할만 하며 살아가고자 하는 어느 전담 교사의 이야기다. 일련의 상황으로부터 멀찍이 떨어져 있지만, 학교 안의 그 누구보다 기민하고 정확하게 상황을 꿰뚫고 있는 개성적인 화자의 목소리가 무엇보다도 매력적이었다. '오중혁'과 '강동후', 무난하지 않은 두 아이를 둘러싼 다양한 인간 군상을 분석적으로 바라보는 시선이 독특했고, 그 안에서 자신의 평화를 고수하기 위해 크고 작은 전략을 펼치는 주인공의 처세 역시 흥미로웠다. 초반과 결말에 일기 형식을 활용해 이상과 현실의 낙차에 대한 사유를 확장하고 지금 이곳의 교육 현장에서 느껴지는 유감과 불안, 비애의 정서를 행간에 숨김으로써 오히려 도드라지게 하는 서술 방식도 좋았다.

「얼얼한 밤」은 엄마의 부고가 날아든 밤, 오래전 엄마로부터 버림받은 세 남매가 한자리에 모여 유년을 회고하는 이야기다. 캐릭터 앙상블을 보는 재미가 컸고, 오고 가는 대사의 경합과 흐름도 좋았다. 할머니를 구심점

삼아 작가가 전하고자 하는 메시지를 선명하게 드러낸 것 또한 내용과 잘 어울렸는데, 현실적인 이야기를 할 때도 현실에서 살짝 발을 떼고 있는 듯한 특유의 명랑한 분위기가 의구심보다는 호기심을 불러일으켰고, 작가의 시선과 태도에서 감지되는 건강성도 인상적이었다.

대상으로 선정된 「눈사람들, 눈사람들」은 사라지는 것들, 지속될 수 없는 것들을 향한 관심과 애정으로 빚어진 작품이었다. 낯선 도시에 살게 된 수현과 다시 낯선 도시로 떠날 준비를 하는 연지가 잠시 엇갈리듯 만나서 밥을 먹고, 산책을 하고, 누구에게도 하지 않았을 이야기를 꺼내어 놓는 한 시절의 여운이 짙었다. 일상적 공간에서 소설적 공간을 포착해 내는 섬세한 시선과 천천히 걸어가듯 이야기를 펼쳐 나가는 고유한 리듬, 인물의 정서를 정확하게 손실 없이 전달하는 이미지와 문장 모두가 탁월했다. 흠잡을 데 없이 매끄럽다는 점에서 기성의 느낌이 강하다는 의견도 오갔으나, 그러한 감상은 오랜 습작을 통해 자신의 소설적 특장이 무엇인지, 앞으로 자신이 펼쳐 보이고자 하는 세계가 무엇인지 파악하고 있는 작가일 것이라는 믿음으로 다가오기도 했다. 대상 작가에게는 문학웹진 림에 신작을 여러 편 공개하는 부상이 주어지는 만큼, 차기작을 안정적으로 발표할 수 있으리라는 신뢰감 역시 중요했다. 본심에 진출한 작가들 가운데 함께 제출한 두 작품 사이의 완성도 편차가 가장 적었던 작가이기도 했다.

수상자 여러분 모두에게 축하의 인사를 전한다.

심사평

심완선 SF 평론가

문학상의 성격을 규정하는 것은 역시 수상작이겠지요. 림 문학상은 이번이 1회이니만큼 고민이 있었습니다. 좋은 소설 중에서도 무엇이 '림'에서 좋아하는 소설인지 처음으로 드러내는 일이어서요. 장르 불문, 자격 제한 없음으로 공모했던 만큼 어떤 작품이 모일지 궁금하기도 했습니다. 투고작을 열어 보니 장르적 성격이 뚜렷한 것보다는 익숙한 방식의 소설이 많았습니다. 일상성이 강하고, 독자들의 현실과 비슷한 세계를 배경으로 삼으며, 그 안에서 인물이 겪는 균열이나 갈등을 다루는 내용이었죠. 덕분에 심사하는 동안 한국문학에 푹 잠길 수 있었습니다.

한편 림 문학상에서는 1명당 2편의 소설을 제출하도록 규정했습니다. 예심에서는 2편을 종합하여 작가별로 후보를 선정하고, 본심에서는 작품별로 평가하였습니다. 2편이 고르게 좋은 경우도 있었지만 아쉬울 정도로 완성도에서 차이가 나기도 했습니다. 구성이나 스타일이 비슷한 경우가 많았지만 이색적인 경우도 상당했습니다. 전반적으로 작가의 역량이 어떻게 뻗쳐 있는지 조금이나마 폭넓게 들여다본 듯합니다.

논의 끝에 대상은 성수진의 「눈사람들, 눈사람들」에 돌아갔습니다. 백로의 이미지를 활용해 정석적으로 완성된 소설이었습니다. 익히 아는 맛이지만 그것을 깔끔하게 구현했다는 점, 문장과 구성이 안정적이라는 점이 신뢰감을 주었습니다. 소설을 꾸준히 써 왔고, 앞으로도 쓸 것 같다고 보여서 기대가 되었습니다.

다른 후보는 이돌별의 「포도알만큼의 거짓」이었습니다. 열의 없는 교사인 화자, 그리고 학급의 여러 학생이 생생하게 묘사되어 흡인력이 있었습니다. 화자가 일기를 거짓말로 쓴다는 사실을 명시하며 이야기를 다층적으로 구성한 점도 좋았습니다. 이렇게 소설 내에서 벌어지는 어긋남 혹은 균열을 제시하는 형식이 속내를 능숙하게 숨기는 화자의 모습과 잘 어울렸습니다. 다만 화자가 사건과 멀찍이 거리를 두는 동안, 소설이 추구하는 바가 비교적 두루뭉술해진 것으로 보였습니다.

한편 가작을 선정할 때는 시간이 오래 걸렸습니다. 작품을 읽는 눈은 비슷하더라도 평가 기준이 다르다는 사실이 두드러지게 드러나는 과정이었습니다. 같은 부분을 두고도 누구는 결점으로 평가하고, 누구는 장점이라고 했죠. 소설관, 혹은 가치관, 아니면 취향이라 할 만한 선이 조금씩 다른데, 그중에서 우열을 가른다는 것이 무척 어렵게 느껴집니다. 심사위원으로서는 그저 성실하게 읽는 것이 최선인 듯합니다.

이서현의 「얼얼한 밤」은 엄마가 죽었다는 소식에 모인 세 남매의 대화, 그리고 가족들의 과거가 차츰 밝혀지며 인물의 현재와 얽히는 구성이 흥미로웠습니다. 생생하고 친근한 대화 덕분에 읽으면서 기분이 좋아진다는 점이 무엇보다 큰 장점이었습니다. 다만 소설의 중심을 차지하는 엄마가 이미 죽은 사람이기에 남매들의 입을 통해서만 구현되는데, 직접 목소리를 내지 못하는 인물이니만큼 조금 더 복잡하고 정교한 방식으로 서술되면 좋겠다는 아쉬움이 있었습니다.

장진영의 「날아갈 수 있습니다」는 무겁고 힘겹고 강한 호소력을 지닌 덕분에 핍진하다는 말이 어울리는 작품이었습니다. 작가가 분명 뚜렷하게 성취를 거두었는데, 그것이 진입 장벽이기도 했던 탓에 평이 강하게 갈렸습니다. 하지만 심사에서 무난한 합의를 이끌어 내지 못하더라도 선명한 매력이 있으므로 작가가 추구하는 소설을 계속 쓰실 수 있기를 바라게 되었습니다.

고하나의 「우주 순례」 역시 평이 갈린 작품이었습니다. 유년 시절의 희미한 기억과 좀비를 섞고, 비현실적인 사막의 풍경과 CG에 대한 대화를 병치하면서 현실과 비현실을 모호하게 뭉그러뜨리는 지점이 독특한 효과를 냈습니다. 실재하지 않는 것을 태연히 배치하여 현재의 사막 여행의 현실성을 떨어뜨릴 뿐만 아니라, 현실과 비현실을 굳이 구별할 필요가 없다는 듯한 태도가 반가웠습니다. 제출한 두 편의 작품 모두 아이디어가 흥미로웠으므로 앞으로 시선을 끄는 소설을 쓰게 되리라는 생각이 들었습니다.

응모해 주신 분들께, 소설을 읽을 기회를 주셔서 감사하다는 말씀을 드립니다. 수상자분들께는 수상을 축하드리며, 모든 분들의 건필을 빕니다.

심사평

안윤 소설가

응모된 작품들을 읽으면서 복잡한 심경이 되곤 했음을 고백한다. 문학은 죽은 지 오래라 하고 출판 시장은 붕괴 위기라고 한다. 이런 시기에 문학상이 신설되고 예상보다 많은 응모작이 모인 것이 반갑고 놀라우면서도 한편으로는 현시대에 소설이 어떤 오해를 받고 있는 것은 아닌가, 하는 우려가 깊어져 씁쓸하기도 했다. 때문에, 물음을 거듭할 수밖에 없었다. 소설만이 가진 매력을 보여 주는 소설이란 과연 어떤 것일까. 그 질문에 대한 대답을 응모작들 속에서 찾아보려 애썼다.

예심에서는 「새로 고침」과 「눈사람들, 눈사람들」을 인상 깊게 읽었다. 「새로 고침」은 실현되지 않은 꿈을 간직한 삶과 꿈에 도달한 삶 사이의 미묘한 공기를 과거와 현재를 오가며

견준 작품이었다. 인물 구도에 기시감이 느껴진다는 점과 거칠게 남겨진 감정선, 결말의 아쉬움이 있지만, 다른 응모작 「네이티브 스피커」에서도 엿볼 수 있듯 인물을 향한 애정과 전하고자 하는 메시지가 있어 보였다. 자신만이 할 수 있는 이야기를 발견해 다듬어 가길 응원한다.

본심에서 눈길을 사로잡은 작품은 「얼얼한 밤」과 「포도알만큼의 거짓」 그리고 「눈사람들, 눈사람들」이었다. 「얼얼한 밤」은 지리멸렬한 가족사를 호쾌하면서도 온기 깃든 필치로 그려 내 돋보였다. 세 남매가 주고받는 대화의 맛이 살아 있어서 인물 각각의 성격과 관계의 온도 차, 가족 서사를 흥미롭게 따라가며 읽었다. 그러나 어머니 캐릭터가 납작하게 그려지고 도구적으로 다루어졌다는 의견도 있었다. 함께 응모한 「갭-친구」는 소재와 설정이 다소 상투적이고 안이하게 구성되었다는 점과 봉합하듯 마무리된 결말, 「얼얼한 밤」에 비해 미흡한 완성도가 아쉬움으로 남았다. 그럼에도 아픈 기억을 가감 없이 들추면서도 끝내 인생의 불가해함을 끌어안아 보려는 작가의 품이 느껴지는 좋은 작품이라고 생각한다.

「포도알만큼의 거짓」은 시의성 짙은 주제를 선명하게 드러내면서도 은유의 변주가 간결한 문체로 촘촘하게 박혀 있는 작품이었다. 만사에 무심한 듯한 화자의 일관된 목소리는 학교 현장에서 벌어지는 온갖 시시콜콜한 사건에 대해 비겁한 냉소와 예리한 통찰을 오가며 여러 화두를 넌져 준다. 다만 시작과 끝에 일기 형식이 꼭 필요했는지, 결말을 달리하는 것은 어땠을지 생각해 보게 한다. 다른 응모작인 「단팥죽」은 앞의 작품과 견주었을 때 완성도의 편차가 상당히 컸다. 그럼에도 「포도알만큼의 거짓」이 가진 매력을 가리지는 않았다. 독자를 흡입하는 힘이 느껴졌다. 조급해하지 않고 자신의 것으로 충분히 소화시킨 이야기를 기대해 본다.

공모 요강에 단편소설 두 편이 명시돼 있는 만큼 고른 완성도가 최종심에 영향을 줄 수밖에 없었음을 밝힌다. 소설에는 소재와 주제를 선택하는 감각뿐 아니라 거리를 두거나 고쳐 쓰는 숙성의 기간, 엉덩이로 고독감을 견디며 문장을 매만진 작가의 시간과 노력이 고스란히 남아 있기 때문이다. 그런 면에서 「눈사람들, 눈사람들」에는 작가의 지문이 선명하게 보였다.

「눈사람들, 눈사람들」은 소멸이 예정된 인생에서 '사라짐'은 곧 또 다른 '살아감'으로 이어지는 길목이라는 진실을 찬찬히 일깨워 준다. 새로운 느낌이 없다는 의견도 있었지만 곱씹을수록 상실의 불가피함과 삶을 향한 긍정을 섬세한 시선으로 포착한 수작이었다. 생에서 사의 경계인 화재 사건, 터전을 떠나와 만난 두 사람의 시절 인연, 내려앉을 자리를 잃어 가는 백로들, 옛것 위에 덧씌워진 도시의 현재가 '눈사람들'이라는 은유 속에 자연스럽게 녹아들어 있다. 오랫동안 자신의 언어를 다듬고 보살펴 온 이의 유려함이 문체에 묻어나 이야기가 끝난 뒤에도 뭉근한 여운을 남긴다. 함께 응모한 「걷기만 하네」는 화재를 소재로 한 연작으로도 읽히는데 밀도가 앞선 작품에 비해 느슨함에도, 작가의 단단한 내공과 조용한 열정을 느낄 수 있어 미더웠다. 오래오래 쓰길 독자이자 동료로서 응원하고 기대한다.

심사를 진행하는 동안 책상 앞에 앉아 어두운 미로를 더듬어 나가듯 한 자 한 자 키보드를 두드리는 이름 모를 응모자들의 뒷모습을 상상해 보곤 했다. 소중한 작품을 보내 주신 모든 분께 감사 인사와 격려의 말을 건넨다. 부디 지치지 않고 자신의 문학을 향해 천천히 서두르기를, 계속 써 나가기를 진심으로 기원한다. 수상자들께는 마음 깊이 축하를 전한다. 무엇보다 몸과 마음을 돌보며 내내 건필하시길 바란다.

문학 웹진 LIM

여기, 뚫고 나오는 이야기의 숲

문학 웹진 LIM	등단 여부 및 장르에 구애받지 않는 여기의 젊은 작가들을 위한 연재 플랫폼입니다. 장·단편소설, 대담, 에세이 등 이채로운 작품을 요일마다 만날 수 있습니다.
림LIM 젊은 작가 소설집	웹진에 연재한 작품 중 일부를 엮어 일 년에 두 권 출간합니다.
시 림LIM	문학 웹진 LIM에서 새롭게 시작하는 시인선 시리즈. 자기만의 세계가 확고한, 다양한 표정을 가진 시를 소개합니다.
ILLUST LIM	일러스트레이터의 작품으로 단편소설 한 편을 새롭게 엮습니다.
림LIM 장편	01. 이하진 장편소설『모든 사람에 대한 이론』

'-림LIM'은 '숲'의 뜻을 더하는
접미사이자 이전에 없던 명사입니다.

www.webzinelim.com

2024 제1회 림 문학상 수상작품집

초판 1쇄 발행	2024년 12월 10일

지은이	성수진 · 이돌별 · 고하나 · 이서현 · 장진영
펴낸이	정중모
펴낸곳	도서출판 열림원

출판등록	1980년 5월 19일(제406-2000-000204호)
주소	경기도 파주시 회동길 152
전화	031-955-0700
팩스	031-955-0661
웹진	www.webzinelim.com
이메일	editor@yolimwon.com
	webzinelim@yolimwon.com
인스타그램	@yolimwon
	@webzinelim

주간	김종숙	기획실	정진우 · 정재우
책임편집	정소영	디지털콘텐츠	구지영
편집	박지혜 · 김은혜 · 김혜원	제작	윤준수
디자인	강희철	영업관리	고은정
마케팅 홍보	김선규 · 고다희	회계	홍수진

표지·본문 디자인	굿퀘스천

ISBN 979-11-7040-301-2 04810
ISBN 979-11-7040-300-5 (세트)